迷《めい》路《ろ》を解《と》いたら怖《こわ》い話

藤白圭　作
浮雲宇一　絵

静山社

目次

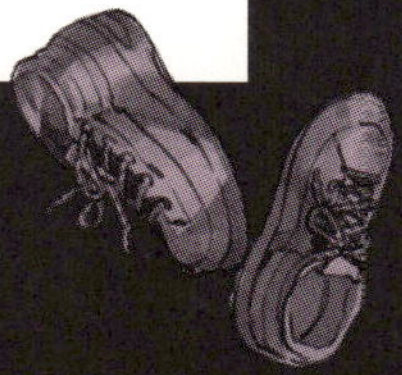

はじめに、右ページの100字の物語を読んでください。次に、左ページの迷《めい》路《ろ》を解《と》き、スタートからゴールまでのルートにある文字をたどって、物語に秘《ひ》められた本当の意味を解《と》き明かしてください。

1

私《わたし》の誕《たん》生《じょう》日《び》

今日は私《わたし》の誕《たん》生《じょう》日《び》。あさから機《き》嫌《げん》よく目覚めた。欲《ほ》しいものがあるわけではない。ただ、まえからひとつだけ願っている事があった。それが、嬉《うれ》しいことにさ、叶《かな》ったんだよね。だから気分は最高。これも神様のお陰《かげ》だわ。

スタート

今日は私《わたし》の誕《たん》生《じょう》日《び》。あさから機《き》嫌《げん》よく目覚めた。欲《ほ》しいものがあるわけではない。ただ、まえからひとつだけ願っている事があった。それが、嬉《うれ》しいことにさ、叶《かな》ったんだよね。だから気分は最高。これも神様のお陰《かげ》だわ。

ゴール

A. 1

スタート

れ	だ	さ	そ	っ	ま	わ	た	さ	今
も	か	、	れ	て	え	け	。	か	日
神	ら	叶《かな》	が	い	か	で	欲《ほ》	ら	は
様	気	っ	、	る	ら	は	し	機《き》	私《わたし》
の	分	た	嬉《うれ》	事	ひ	な	い	嫌《げん》	の
お	は	ん	し	が	と	い	も	よ	誕《たん》
陰《かげ》	最	だ	い	あ	つ	。	の	く	生《じょう》
だ	高	よ	こ	っ	だ	た	が	目	日《び》
わ	。	ね	と	た	け	だ	あ	覚	。
。	こ	。	に	。	願	、	る	め	あ

ゴール

私《わたし》の嫌《きら》いなひとがしんだ最高だわ

語り手は、誕生日《たんじょうび》に願い事が叶《かな》ったことを喜《よろこ》び、神様に感謝《かんしゃ》していると語っている。

だが、迷路《めいろ》の答えを読んでから、もう一度読み直すと、語り手は嫌《きら》いな人が死ぬことを神様に願っていたことがわかる。

語り手は『願い』ではなく『呪《のろ》い』をかけたのだろう。

2

未知のウィルス

それはリゾート地から発生したんだ。だれもがみんなビックリしたよ。未知のウィルスがあっという間に広がったんだぜ？　あまりの速さに驚《おどろ》いた。必死で治《ち》療《りょう》法《ほう》を探《さが》し、身体を張《は》って作った新薬が希望を齎《もたら》し、活気が蘇《よみがえ》る

望	張《は》	治《ち》	速	た	あ	よ	が	発	そ
を	っ	療《りょう》	さ	ん	っ	。	み	生	れ
齎《もたら》	て	法《ほう》	に	だ	と	未	ん	し	は
し	作	を	驚《おどろ》	ぜ	い	知	な	た	リ
、	っ	探《さが》	い	？	う	の	ビ	ん	ゾ
活	た	し	た		間	ウ	ッ	だ	ー
気	新	、	。	あ	に	ィ	ク	。	ト
が	薬	身	必	ま	広	ル	リ	だ	地
蘇《よみがえ》	が	体	死	り	が	ス	し	れ	か
る	希	を	で	の	っ	が	た	も	ら

スタート

ゴール

A.
2

ゾんビのウィルスが広まり死体が蘇《よみがえ》る
＝ゾンビのウィルスが広まり死体が蘇《よみがえ》る

語り手は製薬会社の研究員だったのだろう。

リゾート地から発生した未知のウイルスに対する治療法を探し、新薬を生みだして、人々に希望をもたらしたという内容だが……。

迷路の答えを読んでから、ふたたび本文を読み直すと、新薬によって、ゾンビウィルスへと変化して広がったのだとわかる。

ゾンビは死者が蘇ったもの。つまり、死者に活気が戻ったといえる。

結局、新薬が完成しても、人々はゾンビに襲われる結末を迎えたようだ。

3

素《す》足《あし》の母

家に帰ると、母が玄《げん》関《かん》にいた。「おかえりなさい」と微《ほほ》笑《え》む母に、「これから買い物にスーパーまで行くの？」と素《す》足《あし》に靴《くつ》という姿《すがた》の母が気になり尋《たず》ねた。「行くけど……一《いっ》緒《しょ》に来る？」と誘《さそ》われ、行くよと二つ返事した。

スタート

家に帰ると、母が玄《げん》関《かん》にいた。「おかえりなさい」と微《ほほ》笑《え》む母に、「これから買い物にスーパーまで行くの?」と素《す》足《あし》に靴《くつ》という姿《すがた》の母が気になり尋《たず》ねた。「行くけど……一《いっ》緒《しょ》に来る?」と誘《さそ》われ、行くよと二つ返事した。

ゴール

A.
3

スタート▶

く	来	「	母	と	ー	「	さ	に	家
よ	る	行	が	素《す》	パ	こ	い	い	に
と	？	く	気	足《あし》	ー	れ	」	た	帰
二	」	け	に	に	ま	か	と	。	る
つ	と	ど	な	靴《くつ》	で	ら	微《ほほ》	「	と
返	誘《さそ》	…	り	と	行	買	笑《え》	お	、
事	わ	…	尋《たず》	い	く	い	む	か	母
し	れ	一《いっ》	ね	う	の	物	母	え	が
た	、	緒《しょ》	た	姿《すがた》	？	に	に	り	玄《げん》
。	行	に	。	の	」	ス	、	な	関《かん》

◀ゴール

ヒント 一度、漢字部分もすべてひらがなにしてから解読《かいどく》する

家にさいこパ素《す》が行るよ
＝いえにさいこぱすがいるよ
＝家にサイコパスがいるよ

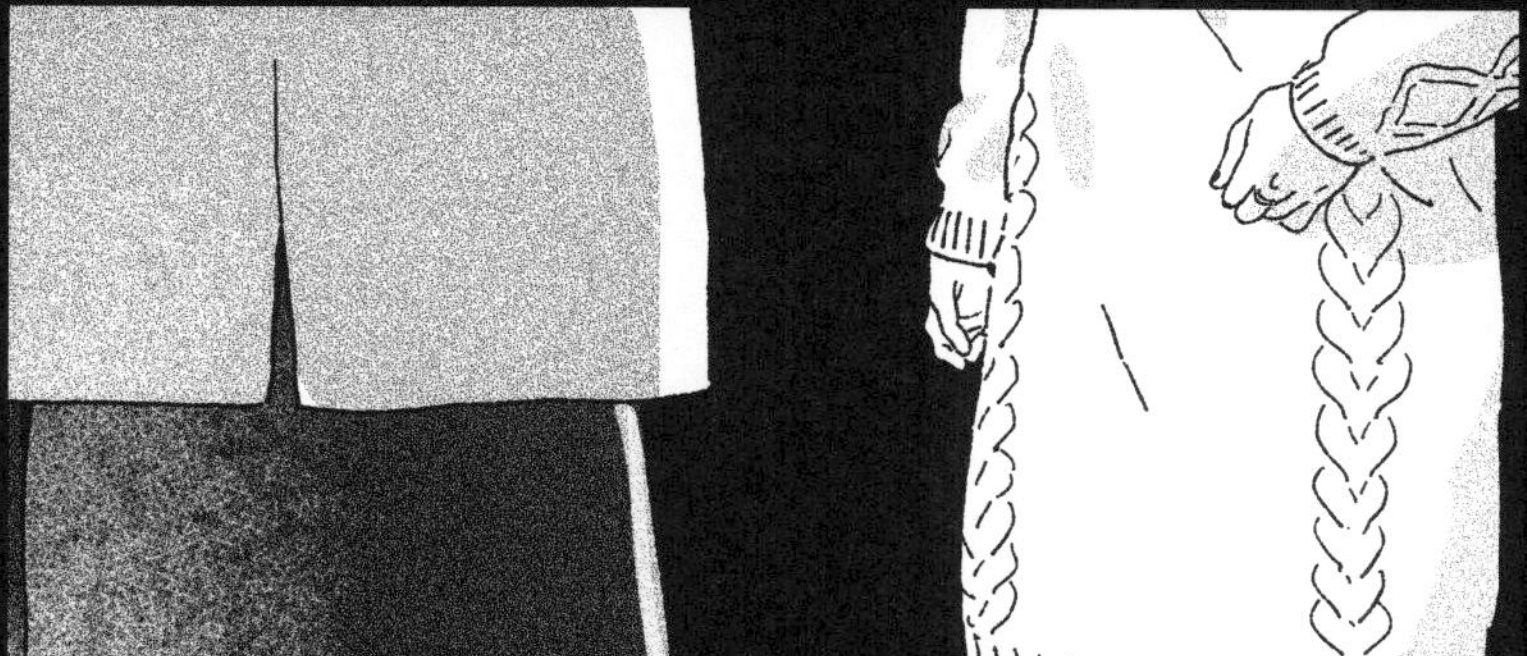

帰宅《きたく》した語り手が、玄関《げんかん》でバッタリ遭遇《そうぐう》した母親に誘《さそ》われ、一緒《いっしょ》に買い物に出かけるという、ささやかな日常《にちじょう》のワンシーン。
けれど、迷路《めいろ》の答えを読むとそうではない。
母親は家の中に侵入《しんにゅう》したサイコパスから逃《に》げようとしていたところ。
母親の機転のおかげで、語り手は難《なん》を逃《のが》れることができたようだ。

4

あなたに会えて良かった

あなたに会えて良かった。がんばり屋で、いつもキラキラ輝《かがや》いて、私《わたし》のアイツへの想《おも》いを知り、しっかりと強い絆《きずな》を結んでくれた。本当に、あなたのお陰《かげ》で私《わたし》はいま、とっても幸せ。もう、あなたの世話にならずにすむわ。

スタート

あなたに会えて良かった。がんばり屋で、いつもキラキラ輝《かがや》いて、私《わたし》のアイツへの想《おも》いを知り、しっかりと強い絆《きずな》を結んでくれた。本当に、あなたのお陰《かげ》で私《わたし》はいま、とっても幸せ。もう、あなたの世話にならずにすむわ。

ゴール

A.

4

スタート▼

話	せ	私《わたし》	当	絆《きずな》	知	私《わたし》	つ	た	あ
に	。	は	に	を	り	の	も	。	な
な	も	い	、	結	、	ア	キ	が	た
ら	う	ま	あ	ん	し	イ	ラ	ん	に
ず	、	、	な	で	っ	ツ	キ	ば	会
に	あ	と	た	く	か	へ	ラ	り	え
す	な	っ	の	れ	り	の	輝《かがや》	屋	て
む	た	て	お	た	と	想《おも》	い	で	良
わ	の	も	陰《かげ》	。	強	い	て	、	か
。	世	幸	で	本	い	を	、	い	っ

◀ゴール

ヒント 一度、漢字部分もすべてひらがなにしてから解読《かいどく》する

あなたがキライしんでくれたお陰《かげ》で幸世。
＝あなたがきらいしんでくれたおかげでしあわせ。
＝あなたが嫌《きら》い　死んでくれたおかげで幸せ。

　文章だけであれば、親友か大切な知人に対する感謝《かんしゃ》の言葉に思える。

　しかし、迷路《めいろ》をたどると、そうではないことがわかる。

　嫌《きら》いな相手が死んだことだけではなく、その死がキッカケで、気になる異性《いせい》と親しくなれたことを喜《よろこ》んでいる文章に変わる。

　いくら嫌《きら》いな相手とはいえ、ふつうは人の死は悼《いた》むもの。

　死を喜《よろこ》ぶ語り手の精神《せいしん》が、一番怖《こわ》い。

　もしかしたら、語り手が〝あなた〟を殺《ころ》したのでは……と疑《うたが》ってしまう。

5

銀行窓《まど》口《ぐち》で

生《せい》活《かつ》費《ひ》が足りず、お金をおろそうと銀行へ向かう。その窓《まど》口《ぐち》で問題が起きた。俺《おれ》は強い口調で怒《おこ》った。「登録情《じょう》報《ほう》すべての管理をしている人は?」俺《おれ》はため息をつく。担《たん》当《とう》から上司に代わるが怪《あや》しいので、全て引きだした。

スタート

生《せい》活《かつ》費《ひ》が足りず、お金をおろそうと銀行へ向かう。その窓《まど》口《ぐち》で問題が起きた。俺《おれ》は強い口調で怒《おこ》った。「登録情《じょう》報《ほう》すべての管理をしている人は？」俺《おれ》はため息をつく。担《たん》当《とう》から上司に代わるが怪《あや》しいので、全て引きだした。

ゴール

A. 5

スタート▼

で	司	息	い	報《ほう》	調	が	か	を	生《せい》
、	に	を	る	す	で	起	う	お	活《かつ》
全	代	つ	人	べ	怒《おこ》	き	。	ろ	費《ひ》
て	わ	く	は	て	っ	た	そ	そ	が
引	る	。	？	の	た	。	の	う	足
き	が	担《たん》	」	管	。	俺《おれ》	窓《まど》	と	り
だ	怪《あや》	当《とう》	俺《おれ》	理	「	は	口《ぐち》	銀	ず
し	し	か	は	を	登	強	で	行	、
た	い	ら	た	し	録	い	問	へ	お
。	の	上	め	て	情《じょう》	口	題	向	金

◀ゴール

ヒント 「強」を「ごう」と読む。その読みで、漢字をひらがなに変えて解読《かいどく》する

生活費《せいかつひ》が足りず銀行で強登をはたらいた
＝せいかつひがたりずぎんこうでごうとうをはたらいた
＝生活費《せいかつひ》が足りず銀行で強盗《ごうとう》をはたらいた

銀行の窓口《まどぐち》で登録情報《じょうほう》に関するトラブルが起こりクレームをつけた語り手は、銀行側に不信感を持ち、預《よ》金《きん》すべてを引き出したという内容《ないよう》に思える。

しかし、迷路《めいろ》をたどると、語り手は、生活費《せいかつひ》が足りず、銀行強盗《ごうとう》をしたという話になる。

今現在《げんざい》、銀行にあるすべての現金《げんきん》を出せと言った語り手に対し、窓口《まどぐち》担当《たんとう》は上司と代わり、怪《あや》しい動きをしたのだろう。交渉《こうしょう》で時間を引き延《の》ばされ、警察《けいさつ》に捕《つか》まる危険《きけん》を察した語り手は、自ら金庫に押《お》し入《い》ったようだ。

6

魔《ま》物《もの》討《とう》伐《ばつ》

勝手に人を召《しょう》喚《かん》するなんて誘《ゆう》拐《かい》と同じだ。にんそうの悪い髭《ひげ》面《づら》が王様らしく、偉《えら》そうに魔《ま》王《おう》を討《とう》伐《ばつ》しろと言うが、どうしたものか。俺《おれ》は悩《なや》んだが異《い》世《せ》界《かい》人《じん》の平和のために、魔《ま》物《もの》達《たち》を滅《ほろ》ぼすことにした。国の子《こ》供《ども》たちのために

勝手に人を召《しょう》喚《かん》するな
んて誘《ゆう》拐《かい》と同じだ。に
んそうの悪い髭《ひげ》面《づら》が王
様らしく、偉《えら》そうに魔《ま》
王《おう》を討《とう》伐《ばつ》しろと言うが
、どうしたものか。俺《おれ》
は悩《なや》んだが異《い》世《せ》界《かい》人《じん》の
平和のために、魔《ま》物《もの》達《たち》
を滅《ほろ》ぼすことにした。
国の子《こ》供《ども》たちのために

スタート

ゴール

A.
6

スタート▶

国	を	平	は	、	王《おう》	様	ん	ん	勝
の	滅《ほろ》	和	悩《なや》	ど	を	ら	そ	て	手
子《こ》	ぼ	の	ん	う	討《とう》	し	う	誘《ゆう》	に
供《ども》	す	た	だ	し	伐《ばつ》	く	の	拐《かい》	人
た	こ	め	が	た	し	、	悪	と	を
ち	と	に	異《い》	も	ろ	偉《えら》	い	同	召《しょう》
の	に	、	世《せ》	の	と	そ	髭《ひげ》	じ	喚《かん》
た	し	魔《ま》	界《かい》	か	言	う	面《づら》	だ	す
め	た	物《もの》	人《じん》	。	う	に	が	。	る
に	。	達《たち》	の	俺《おれ》	が	魔《ま》	王	に	な

▶ゴール

ヒント 一度、漢字部分をすべてひらがなにしてから解読《かいどく》する

子の国を滅《ほろ》ぼすために異《い》世《せ》界《かい》人《じん》の俺《おれ》が魔《ま》王《おう》になる

＝このくにをほろぼすためにいせかいじんのおれがまおうになる

＝この国を滅《ほろ》ぼすために異《い》世《せ》界《かい》人《じん》の俺《おれ》が魔《ま》王《おう》になる

異世界《いせかい》に召喚《しょうかん》された地球人が、不満やイラだちを抱《かか》えながらも、魔物《まもの》たちの脅威《きょうい》におびえる子供《こども》たちを見て、魔物退治《まものたいじ》を決意したように思える文章。

しかし、迷路《めいろ》を解《と》くと、自らが魔《ま》王《おう》になって異世界《いせかい》の国を滅《ほろ》ぼす決意をしている。

語り手は、自分の意志《いし》とは関係なく、勝手に見知らぬ世界に召喚《しょうかん》され、人生を狂《くる》わされたのだから、当然の結果だといえる。

7

ハレの日のごちそう

高級で有名だからといって、ご馳《ち》走《そう》とは限《かぎ》らない。ハレの日に、みんなは肉や魚、どんな料理をのぞむ？　もちろん、人それぞれだ。でも、なかまや家族、たくさんの人たちと、しあわせに食べることが、しんのごちそうだ

スタート

高級で有名だからといって、ご馳《ち》走《そう》とは限《かぎ》らない。ハレの日に、みんなはどんな肉や魚、料理をのぞむ？ もちろん、人それぞれだ。でも、なかまや家族、たくさんの人たちと、しあわせに食べることが、しんのごちそうだ

ゴール

A. 7

スタート▶（左側、3行目「し」から）

が	し	た	で	ろ	料	ん	な	っ	高
、	あ	く	も	ん	理	な	い	て	級
し	わ	さ	、	、	を	は	。	、	で
ん	せ	ん	な	人	の	肉	ハ	ご	有
の	に	の	か	そ	ぞ	や	レ	馳《ち》	名
ご	食	人	ま	れ	む	魚	の	走《そう》	だ
ち	べ	た	や	ぞ	？	、	日	と	か
そ	る	ち	家	れ		ど	に	は	ら
う	こ	と	族	だ	も	ん	、	限《かぎ》	と
だ	と	、	、	。	ち	な	み	ら	い

▶ゴール（右側、6行目「だ」へ）

しんせんな人の肉ハご馳《ち》走《そう》だ
＝新《しん》鮮《せん》な人の肉はご馳《ち》走《そう》だ

高級料理や有名な料理だからご馳《ち》走《そう》なのではなく、なかまたちとしあわせな気持ちで食べる食事こそがご馳《ち》走《そう》だという、とても素敵《すてき》な内容《ないよう》が一転。

たくさんの人たちとしあわせに食べるものが、新鮮《しんせん》な人の肉ということは、この文章はゾンビ目線なのかもしれない。

8

たのしいクリスマス

今日はクリスマスだ。そこら中で、みんなの笑《え》顔《がお》が溢《あふ》れ、しあわせそうだ。めくるめく鮮《あざ》やかな世界に心躍《おど》る。王様ですらたのしむ。だれもかれもが浮《う》かれている中、サンタクロースだけが、たいへんそうで、頭がさがる。

今日はクリスマスだ。そこら中で、みんなの笑《え》顔《がお》が溢《あふ》れ、しあわせそうだ。めくるめく鮮《あざ》やかな世界に心躍《おど》る。王様ですらたのしむ。だれもかれもが浮《う》かれている中、サンタクロースだけが、たいへんそうで、頭がさがる。

スタート

ゴール

A. 8

スタート▶

そ	ー	て	だ	王	や	そ	笑《え》	そ	今
う	ス	い	れ	様	か	う	顔《がお》	こ	日
で	だ	る	も	で	な	だ	が	ら	は
、	け	中	か	す	世	。	溢《あふ》	中	ク
頭	が	、	れ	ら	界	め	れ	で	リ
が	、	サ	も	た	に	く	、	、	ス
さ	た	ン	が	の	心	る	し	み	マ
が	い	タ	浮《う》	し	躍《おど》	め	あ	ん	ス
る	へ	ク	か	む	る	く	わ	な	だ
。	ん	ロ	れ	。	。	鮮《あざ》	せ	の	。

▶ゴール

さたンがもたらす世界にくるしみマス
＝サタン（悪魔《あくま》）がもたらす世界に苦しみます

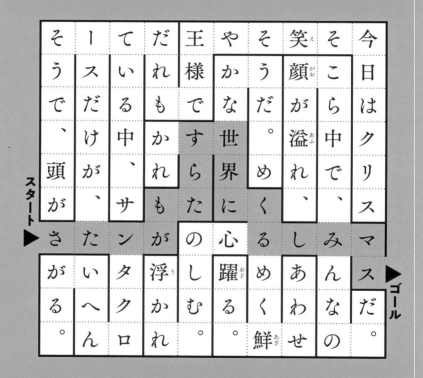

世界中がしあわせそうで、笑顔《えがお》あふれるクリスマス。けれど、実際《じっさい》は、そこらじゅうで笑顔《えがお》をみせるものも、楽しむ王様も、『悪魔《あくま》』だったり『魔族《まぞく》』の立場からみた『世界』なのでしょう（つまり、人間からみたら地獄《じごく》絵図）。

鮮《あざ》やかな世界というのは、悪魔《あくま》に襲《おそ》われた人の鮮血《せんけつ》が飛び散る世界なのかもしれません。

9

満開の桜《さくら》

春を彩《いろど》るうつくしい桜《さくら》の花が満開になる。のどかな川辺にある並《なみ》木《き》道《みち》ですら、たくさんの人で賑《にぎ》わう。酒をたしなむ人達《たち》や、かおをほころばせ、写真をとる人もいる。会いたいひとをおもいながら花《はな》弁《びら》を摑《つか》めば彼《かれ》が現《あらわ》れた。

スタート

春を彩《いろど》るうつくしい桜《さくら》の花が満開になる。のどかな川辺にある並《なみ》木《き》道《みち》ですら、たくさんの人で賑《にぎ》わう。酒をたしなむ人達《たち》や、かおをほころばせ、写真をとる人もいる。会いたいひとをおもいながら花《はな》弁《びら》を摑《つか》めば彼《かれ》が現《あらわ》れた。

ゴール

A. 9

スタート

を	と	人	こ	な	人	道《みち》	ど	の	春
摑《つか》	を	も	ろ	む	で	で	か	花	を
め	お	い	ば	人	賑《にぎ》	す	な	が	彩《いろど》
ば	も	る	せ	達《たち》	わ	ら	川	満	る
彼《かれ》	い	。	、	や	う	、	辺	開	う
が	な	会	写	、	。	た	に	に	つ
現《あらわ》	が	い	真	か	酒	く	あ	な	く
れ	ら	た	を	お	を	さ	る	る	し
た	花《はな》	い	と	を	た	ん	並《なみ》	。	い
。	弁《びら》	ひ	る	ほ	し	の	木《き》	の	桜《さくら》

ゴール

うつくしい桜《さくら》の木のしたをほると
いたいが現《あらわ》れた。
＝うつくしい桜《さくら》の木の下を掘《ほ》ると
遺体《いたい》が現《あらわ》れた。

花見を楽しむ人たちを観察しながら、桜並木《さくらなみき》を歩く女性《じょせい》が、想《おも》いを寄《よ》せている人と偶然《ぐうぜん》会うことができたという素敵《すてき》な内容《ないよう》が一転。

桜《さくら》の下にある遺体《いたい》が、会いたいと思った相手だと読み取れる。もしかしたら、殺《ころ》されて埋《う》められた彼女《かのじょ》の想《おも》い人が、幽霊《ゆうれい》となって現《あらわ》れたのかもしれない。

10

わたしのために……

わたしを助けるためにチチがハハを突《つ》き飛《と》ばし、うんわるく死んだ。へんに誤《ご》魔《ま》化《か》さなければよかったのに、チチはハハの死体を埋《う》めた。そのことが事《じ》故《こ》ではなく、故《こ》意《い》だとはんだんされるキッカケになった。つらい話だ。

スタート

な	だ	は	た	チ	れ	。	し	チ	わ
っ	ん	な	。	は	ば	へ	、	チ	た
た	さ	く	そ	ハ	よ	ん	う	が	し
。	れ	、	の	ハ	か	に	ん	ハ	を
つ	る	故《こ》	こ	の	っ	誤《ご》	わ	ハ	助
ら	キ	意《い》	と	死	た	魔《ま》	る	を	け
い	ッ	だ	が	体	の	化《か》	く	突《つ》	る
話	カ	と	事《じ》	を	に	さ	死	き	た
だ	ケ	は	故《こ》	埋《う》	、	な	ん	飛《と》	め
。	に	ん	で	め	チ	け	だ	ば	に

ゴール

A. 10

スタート

な	だ	は	た	チ	れ	。	し	チ	わ
っ	ん	な	。	は	ば	へ	、	チ	た
た	さ	く	そ	ハ	よ	ん	う	が	し
。	れ	、	の	ハ	か	に	ん	ハ	を
つ	る	故《こ》	こ	の	っ	誤《ご》	わ	ハ	助
ら	キ	意《い》	と	死	た	魔《ま》	る	を	け
い	ッ	だ	が	体	の	化《か》	く	突《つ》	る
話	カ	と	事《じ》	を	に	さ	死	き	た
だ	ケ	は	故《こ》	埋《う》	、	な	ん	飛《と》	め
。	に	ん	で	め	チ	け	だ	ば	に

ゴール

ヒント 一度、漢字部分もすべてひらがなにしてから解読《かいどく》する

わたしがハんにんよハハのことがだ意《い》キらい
＝わたしがはんにんよははのことがだいきらい
＝わたしが犯人《はんにん》よ　母のことが大嫌《だいきら》い

母親から暴力《ぼうりょく》をふるわれている娘《むすめ》を助けようとした父親の行動が裏目《うらめ》に出てしまい、悲劇《ひげき》を生んでしまったという文章。

しかし、迷路《めいろ》を解《と》くと、犯人《はんにん》は語り手だという。

もしかしたら、父に突《つ》き飛《と》ばされ、倒《たお》れた母は、その時点ではまだ生きていたのかもしれない。

いくら大嫌《だいきら》いな母親でも、瀕死《ひんし》の状態《じょうたい》で息の根をとめたあげく、父親を犯人《はんにん》に仕立て上げる語り手の思考回路に恐怖《きょうふ》を覚える。

11

別れの日

愛《いと》しい君のことだけをずっと、大切にしたかった。でも、もうしんじられない。かなしいけどお別れだ。あたらしい人生で、わらうことができたら、※ぎょうこうだ。あのもりを抜《ぬ》けたら、そこで君をクルマからおろすからね

※ぎょうこう【僥倖】思いがけない幸いのこと。

スタート

ル	け	こ	と	し	け	じ	っ	ず	愛《いと》
マ	た	う	が	い	ど	ら	た	っ	し
か	ら	だ	で	人	お	れ	。	と	い
ら	、	。	き	生	別	な	で	、	君
お	そ	あ	た	で	れ	い	も	大	の
ろ	こ	の	ら	、	だ	。	、	切	こ
す	で	も	、	わ	。	か	も	に	と
か	君	り	ぎ	ら	あ	な	う	し	だ
ら	を	を	ょ	う	た	し	し	た	け
ね	ク	抜《ぬ》	う	こ	ら	い	ん	か	を

ゴール

A.
11

スタート

ル	け	こ	と	し	け	じ	っ	ず	愛《いと》
マ	た	う	が	い	ど	ら	た	っ	し
か	ら	だ	で	人	お	れ	。	と	い
ら	、	。	き	生	別	な	で	、	君
お	そ	あ	た	で	れ	い	も	大	の
ろ	こ	の	ら	、	だ	。	、	切	こ
す	で	も	、	わ	。	か	も	に	と
か	君	り	ぎ	ら	あ	な	う	し	だ
ら	を	を	ょ	う	た	し	し	た	け
ね	ク	抜《ぬ》	う	こ	ら	い	ん	か	を

ゴール

ずっと、君のことだけをかんしした
うらぎりものころすからね
＝ずっと、君のことだけを監視《かんし》した
裏切《うらぎ》り者《もの》　殺《ころ》すからね

ドライブ中に男性《だんせい》が自分の恋人《こいびと》に対し、有無《うむ》を言わさず別れを告《つ》げたシーンに思える。けれど、迷路《めいろ》を解《と》くと、実は、彼女《かのじょ》の行動をつねに監《かん》視《し》していた。そこで、彼女《かのじょ》の浮気《うわき》に気がついたのだろう。裏切《うらぎ》った彼女《かのじょ》を殺《ころ》したようだ。

ということは、森を抜《ぬ》けた場所で車から降《お》ろしたのは、きっと彼女《かのじょ》の死体なのだろう。

新しい人生というのも、来世では笑ってすごせるといいねという、彼《かれ》なりのたむけの言葉なのかもしれない。

12

さっちゃん

さっちゃんがたおれた。ひゅうひゅうという音と、ざらつくこえをだしている。とりあえずママを呼《よ》びに行くと、てまのかかる子と言ってせなかをさすりはじめた。でも、全然だめなの。段《だん》々《だん》こわくなり私《わたし》は医者を呼《よ》んだ。

スタート

さっちゃんがたおれた。ひゅうひゅうという音と、ざらつくこえをだしている。とりあえずママを呼《よ》びに行くと、てまのかかる子と言ってせなかをさすりはじめた。でも、全然だめなの。段《だん》々《だん》こわくなり私《わたし》は医者を呼《よ》んだ。

ゴール

A.
12

スタート

り	め	じ	っ	、	ず	だ	音	。	さ
私《わたし》	な	め	て	て	マ	し	と	ひ	っ
は	の	た	せ	ま	マ	て	、	ゅ	ち
医	。	。	な	の	を	い	ざ	う	ゃ
者	段《だん》	で	か	か	呼《よ》	る	ら	ひ	ん
を	々《だん》	も	を	か	び	。	つ	ゅ	が
呼《よ》	こ	、	さ	る	に	と	く	う	た
ん	わ	全	す	子	行	り	こ	と	お
だ	く	然	り	と	く	あ	え	い	れ
。	な	だ	は	言	と	え	を	う	た

ゴール

さっちゅうざいをのませたのは私《わたし》

＝殺《さっ》虫《ちゅう》剤《ざい》を飲ませたのは私《わたし》

倒《たお》れたさっちゃんの容態《ようだい》が、どんどん悪化し、医者を呼《よ》んだという内容《ないよう》。

だが、迷路《めいろ》の答えから、実は、語り手がさっちゃんに殺虫剤《さっちゅうざい》を飲ませてしまったために起きた出来事だとわかる。

しかも、呼《よ》んできたママは、さっちゃんを見て、「手間のかかる子」と言っているところから、心配しているようには思えない。もしかしたら、ママが語り手に、「さっちゃんにこれを飲ませなさい」と指示《しじ》したのかも……。

13

適《てき》任《にん》の社長

次期社長の惣《そう》太《た》郎《ろう》は、最近、いろいろと不運なことが、つぎからつぎに起きたせいで、もの凄《すご》くイラだち、やけに焦《あせ》っているようだ。正直言って次期社長に不《ふ》適《てき》格《かく》だと役員達《たち》は決議を取り、次男の俺《おれ》を後《こう》継《けい》に決めたようだ。

スタート

次期社長の惣《そう》太《た》郎《ろう》は、最近、いろいろと不運なことが、つぎからつぎに起きたせいで、もの凄《すご》くイラだち、やけに焦《あせ》っているようだ。正直言って次期社長に不《ふ》適《てき》格《かく》だと役員達《たち》は決議を取り、次男の俺《おれ》を後《こう》継《けい》に決めたようだ。

ゴール

A. 13

スタート

次期社長の惣《そう》太《た》郎《ろう》は、最近、いろいろと不運なことが、つぎからつぎに起きたせいで、もの凄《すご》くイラだち、やけに焦《あせ》っているようだ。正直言って次期社長に不《ふ》適《てき》格《かく》だと役員達《たち》は決議を取り、次男の俺《おれ》を後《こう》継《けい》に決めたようだ。

ゴール

のろいがきイている次期社長は俺《おれ》だ
＝呪《のろ》いが効《き》いている　次期社長は俺《おれ》だ

次期社長と目《もく》されている惣太郎《そうたろう》の身に不運が重なったことで、棚《たな》ぼた的に語り手が次期社長に任命《にんめい》されたという内容《ないよう》。

だが、迷路《めいろ》の答えから、実は、惣《そう》太郎《たろう》にふりかかっていた不運は、語り手が呪《のろ》いをかけていたせいだとわかる。

つまり、語り手は常日頃《つねひごろ》から次期社長の座《ざ》を狙《ねら》い、惣太郎《そうたろう》を憎《にく》んでいたのだろう。

実際《じっさい》に効果《こうか》があってもなくても、相手を呪《のろ》うほど社長になりたいという、語り手の欲深《よくぶか》さが恐《おそ》ろしい。

14

おべんとうのカツサンド

おかえり。いつもお疲《つか》れさま。おべんとうのカツサンドのあつさなんだけどさ……ヤバいよね。それ、ひとくちサイズにしたほうがいいと思う。ホウチョウ使って切りなよ。あしたは休日。昼まで寝《ね》てても、ゆるしてあげる

スタート

て	た	使	い	サ	よ	ん	カ	れ	お
も	は	っ	と	イ	ね	だ	ツ	さ	か
、	休	て	思	ズ	。	け	サ	ま	え
ゆ	日	切	う	に	そ	ど	ン	。	り
る	。	り	。	し	れ	さ	ド	お	。
し	昼	な	ホ	た	、	…	の	べ	い
て	ま	よ	ウ	ほ	ひ	…	あ	ん	つ
あ	で	。	チ	う	と	ヤ	つ	と	も
げ	寝《ね》	あ	ョ	が	く	バ	さ	う	お
る	て	し	ウ	い	ち	い	な	の	疲《つか》

ゴール

A. 14

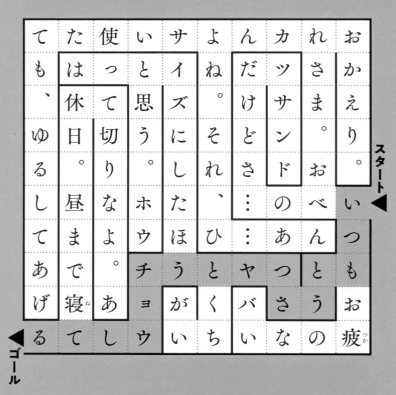

て	た	使	い	サ	よ	ん	カ	れ	お
も	は	っ	と	イ	ね	だ	ツ	さ	か
、	休	て	思	ズ	。	け	サ	ま	え
ゆ	日	切	う	に	そ	ど	ン	。	り
る	。	り	。	し	れ	さ	ド	お	。
し	昼	な	ホ	た	、	…	の	べ	い
て	ま	よ	ウ	ほ	ひ	…	あ	ん	つ
あ	で	。	チ	う	と	ヤ	つ	と	も
げ	寝《ね》	あ	ョ	が	く	バ	さ	う	お
る	て	し	ウ	い	ち	い	な	の	疲《つか》

スタート ◀

◀ ゴール

いつもとうさつヤとうチョウしてる

＝いつも盗撮《とうさつ》や盗聴《とうちょう》してる

語り手が、帰宅《きたく》したばかりの一緒《いっしょ》に住んでいる相手（彼氏《かれし》）に話しかけているような、ほほえましい内容《ないよう》。

けれど、語り手は、盗撮《とうさつ》・盗聴《とうちょう》している相手が映《うつ》っているモニター画面に向かって語りかけているストーカーである。

いつも盗撮《とうさつ》・盗聴《とうちょう》しているということは、部屋の中だけでなく、もしかしたら持ち物や勤務先《きんむさき》にもいろいろと仕掛《しか》けているのかもしれない。

いつでもどこでも見られていると思うとゾッとする。

15

寝《ね》かしつけの苦労

苦労したのよ。夕飯を家で食べ、おふとんにはいったアイちゃんをわたしが、しっかり寝《ね》かしつけたかったのに、泣きだすんだもん。パソコンでささっと対《たい》処《しょ》の仕方を検《けん》索《さく》したけど、ヘトヘトだ。べんりな方法を見つけたい

▼スタート

り	ど	処《しょ》	パ	、	か	わ	は	家	苦
な	、	の	ソ	泣	し	た	い	で	労
方	へ	仕	コ	き	つ	し	っ	食	し
法	ト	方	ン	だ	け	が	た	べ	た
を	へ	を	で	す	た	、	ア	、	の
見	ト	検《けん》	さ	ん	か	し	イ	お	よ
つ	だ	索《さく》	さ	だ	っ	っ	ち	ふ	。
け	。	し	っ	も	た	か	ゃ	と	夕
た	べ	た	と	ん	の	り	ん	ん	飯
い	ん	け	対《たい》	。	に	寝《ね》	を	に	を

◀ゴール

A.
15

▼スタート

り	ど	処《しょ》	パ	、	か	わ	は	家	苦
な	、	の	ソ	泣	し	た	い	で	労
方	へ	仕	コ	き	つ	し	っ	食	し
法	ト	方	ン	だ	け	が	た	べ	た
を	へ	を	で	す	た	、	ア	、	の
見	ト	検《けん》	さ	ん	か	し	イ	お	よ
つ	だ	索《さく》	さ	だ	っ	っ	ち	ふ	。
け	。	し	っ	も	た	か	ゃ	と	夕
た	べ	た	と	ん	の	り	ん	ん	飯
い	ん	け	対《たい》	。	に	寝《ね》	を	に	を

◀ゴール

わたしがたべたのよ
おイしかったもっとたべたい
＝私《わたし》が食べたのよ
おいしかった　もっと食べたい

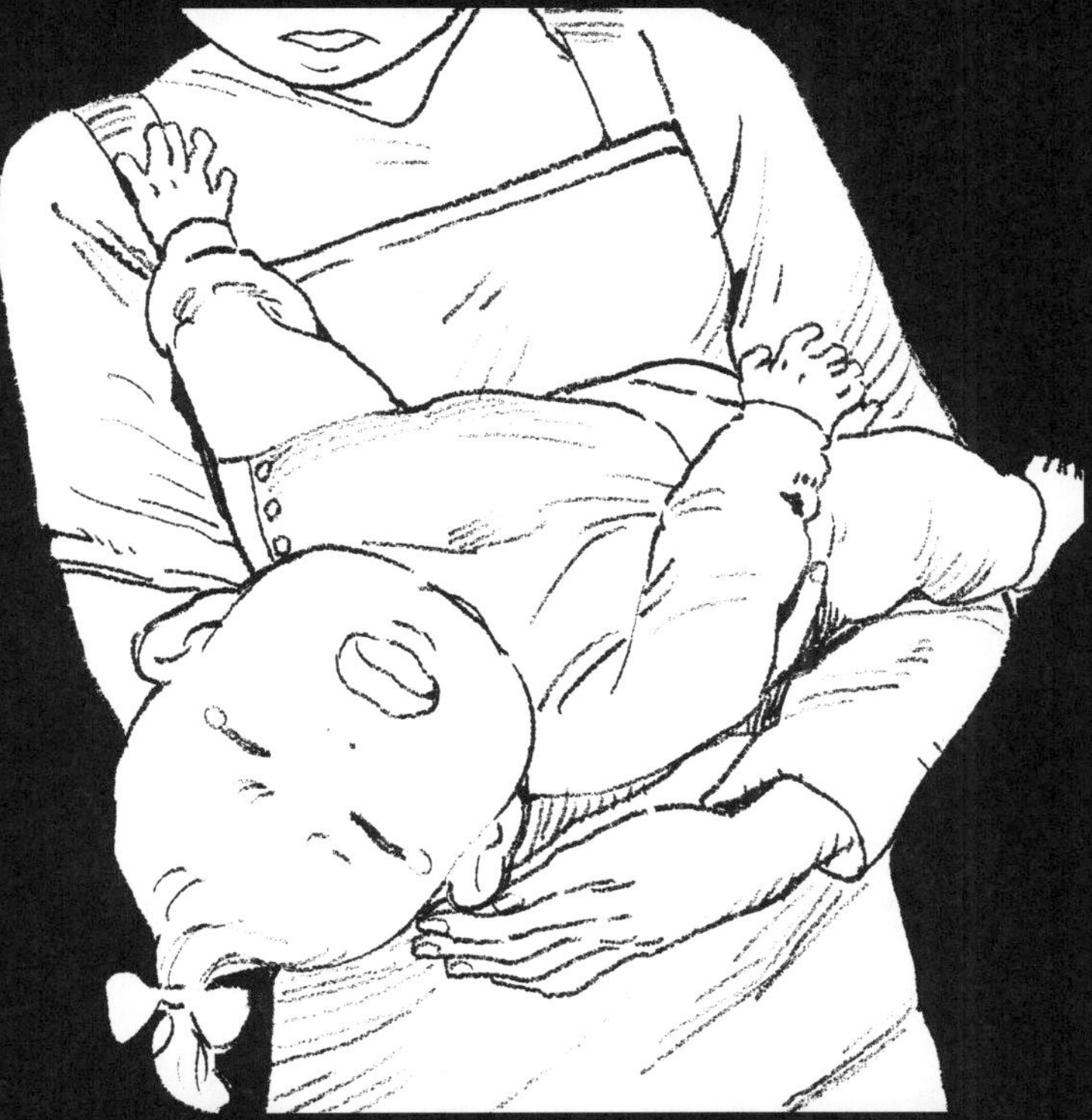

アイちゃんという子供《こども》を預《あず》かった語り手が、寝《ね》かしつけるのに苦労したという内容《ないよう》。

しかし、迷路《めいろ》を解《と》くと一転。アイちゃんを調理して食べようと、悪戦《あくせん》苦闘《くとう》していたという内容《ないよう》になる。

危険《きけん》を察知して泣きだしたアイちゃんの最期《さいご》、そして人肉の味に魅《み》せられてしまった語り手のその後を想《そう》像《ぞう》すると怖《こわ》すぎる。

16

腐《くさ》れ縁《えん》の彼女《かのじょ》

俺《おれ》と彼女《かのじょ》は腐《くさ》れ縁《えん》だ。
隣《となり》同《どう》士《し》になってから早
十年が過《す》ぎている。出
会いは最悪だった。け
れど、話せばいいがいと
いいヤツで、にている
部分が多い。親がろく
でなし。自分の手でし
かえししたら、うらめ
にでて、見《み》捨《す》てられた

スタート

俺《おれ》と彼《かの》女《じょ》は腐《くさ》れ縁《えん》だ。隣《となり》同《どう》士《し》になってから早十年が過《す》ぎている。出会いは最悪だった。けれど、話せばいがいといいヤツで、にている部分が多い。親がろくでなし。自分の手でしかえししたら、うらめにでて、見《み》捨《す》てられた

ゴール

A. 16

スタート▼

に	か	で	部	い	れ	会	十	隣《となり》	俺《おれ》
で	え	な	分	い	ど	い	年	同《どう》	と
て	し	し	が	ヤ	、	は	が	士《し》	彼《かの》
、	し	。	多	ッ	話	最	過《す》	に	女《じょ》
見《み》	た	自	い	で	せ	悪	ぎ	な	は
捨《す》	ら	分	。	、	ば	だ	て	っ	腐《くさ》
て	、	の	親	に	い	っ	い	て	れ
ら	う	手	が	て	が	た	る	か	縁《えん》
れ	ら	で	ろ	い	い	。	。	ら	だ
た	め	し	く	る	と	け	出	早	。

◀ゴール

俺《おれ》と彼女《かのじょ》は腐《くさ》っている
たがいに親の手でしめられた
＝俺《おれ》と彼女《かのじょ》は腐《くさ》っている
互《たが》いに親の手で絞《し》められた

語り手も、隣家《りんか》に住む幼《おさな》なじみも親に虐待《ぎゃくたい》されていたのだろう。ある程度《ていど》の年齢《ねんれい》になり、親に仕返しをした結果、どちらも親から絶縁《ぜつえん》されたが、二人はいまだに幼《おさな》なじみとして一緒《いっしょ》に過《す》ごしているようだ。

けれど、実際《じっさい》の二人は、親の手によって殺《ころ》され、埋《う》められた。

その埋《う》められた場所が隣《となり》だったのだろう。

たしかに、おたがいに死んでいる状態《じょうたい》なのだから、出会いは最悪だ。しかも、たがいに腐《くさ》っていく運命（縁《えん》）なので、「腐《くさ》れ縁《えん》」には違《ちが》いないとはいえ、死後の出会いは悲しすぎる。

17

SNSの悪口

最近、リョウコはSNSでの悪口が発端《ほったん》で、カレシさんともめた。別れてからリョウコの生活は落ちついた。なのに、変な噂《うわさ》のせいで再《ふたた》びリョウコの心が病《や》んだことを知り、デンワしたが、悪態《あくたい》にイラだち、通話を切った。

▼スタート

だ	ワ	ん	再《ふたた》	の	生	別	カ	S	最
ち	し	だ	び	に	活	れ	レ	で	近
、	た	こ	リ	、	は	て	シ	の	、
通	が	と	ョ	変	落	か	さ	悪	リ
話	、	を	ウ	な	ち	ら	ん	口	ョ
を	悪《あく》	知	コ	噂《うわさ》	つ	リ	と	が	ウ
切	態《たい》	り	の	の	い	ョ	も	発《ほっ》	コ
っ	に	、	心	せ	た	ウ	め	端《たん》	は
た	イ	デ	が	い	。	コ	た	で	S
。	ラ	ン	病《や》	で	な	の	。	、	N

◀ゴール

A.
17

▼スタート

だ	ワ	ん	再《ふたた》	の	生	別	カ	S	最
ち	し	だ	び	に	活	れ	レ	で	近
、	た	こ	リ	、	は	て	シ	の	、
通	が	と	ョ	変	落	か	さ	悪	リ
話	、	を	ウ	な	ち	ら	ん	口	ョ
を	悪《あく》	知	コ	噂《うわさ》	つ	リ	と	が	ウ
切	態《たい》	り	の	の	い	ョ	も	発《ほっ》	コ
っ	に	、	心	せ	た	ウ	め	端《たん》	は
た	イ	デ	が	い	。	コ	た	で	S
。	ラ	ン	病《や》	で	な	の	。	、	N

◀ゴール

ヒント 「悪」を「あく」と読むことにして

カレシの悪リョウがとりついたせいで
病《や》ンデイた
＝彼氏《かれし》の悪霊《あくりょう》がとり憑《つ》いたせいで病《や》んでいた

SNS上のトラブルが原因《げんいん》で、リヨウコが彼氏《かれし》と別れた。その後、リヨウコが精神的《せいしんてき》に追《お》い詰《つ》められていることを知った語り手が、心配して電話をかけると、なぜか悪態《あくたい》をつかれたので、腹《はら》を立てて電話を切ったという内容《ないよう》。

けれど、実際《じっさい》は、別れた彼氏《かれし》の生《いき》霊《りょう》が悪霊《あくりょう》となり、リョウコを苦しめているようだ。

男女関係なく、人のうらみねたみは恐《おそ》ろしいものですね。

18

だれにも負けない愛

あなたのことが諦《あきら》めきれず、ものすごく努力したの。見ためも勉強も、だれにも負けないほどたいせつにし、尽《じん》力《りょく》したけっか、ようやく、あいしていると言われた。つよい意《い》志《し》を貫《つらぬ》いて、よかった。別れない。ぜったいに。

スタート

れ	貫《つらぬ》	わ	く	力《りょく》	ほ	も	し	れ	あ
な	い	れ	、	し	ど	、	た	ず	な
い	て	た	あ	た	た	だ	の	、	た
。	、	。	い	け	い	れ	。	も	の
ぜ	よ	つ	し	っ	せ	に	見	の	こ
っ	か	よ	て	か	つ	も	た	す	と
た	っ	い	い	、	に	負	め	ご	が
い	た	意《い》	る	よ	し	け	も	く	諦《あきら》
に	。	志《し》	と	う	、	な	勉	努	め
。	別	を	言	や	尽《じん》	い	強	力	き

ゴール

A. 18

スタート

れ	貫《つらぬ》	わ	く	力《りょく》	ほ	も	し	れ	あ
な	い	れ	、	し	ど	、	た	ず	な
い	て	た	あ	た	た	だ	の	、	た
。	、	。	い	け	い	れ	。	も	の
ぜ	よ	つ	し	っ	せ	に	見	の	こ
っ	か	よ	て	か	つ	も	た	す	と
た	っ	い	い	、	に	負	め	ご	が
い	た	意《い》	る	よ	し	け	も	く	諦《あきら》
に	。	志《し》	と	う	、	な	勉	努	め
。	別	を	言	や	尽《じん》	い	強	力	き

ゴール

あなたのこの見にせいけいしてよかった
＝あなたの好みに整形してよかった

ずっと片思《かたおも》いしていた相手のために、努力を重ね、ようやく想《おも》いが成《じょう》就《じゅ》した女の子の、強い気持ちが表現《ひょうげん》されている。

けれど、迷路《めいろ》を解《と》くと、彼女《かのじょ》の想《おも》いが異常《いじょう》に重いことがわかる。

彼《かれ》好みに整形までしたという彼《かの》女《じょ》。今後はどんな手段《しゅだん》を使ってでも、彼《かれ》を逃《の》がすことはないだろう。

19

迷《まい》子《ご》

この日、店内はもの凄《すご》く人が多かった。店員達《たち》は、接《せっ》客《きゃく》やレジの対《たい》応《おう》におわれ、大変だった。やっと客がとぎれたので、休《きゅう》憩《けい》に入ると、私《わたし》は迷《まい》子《ご》にでくわした。ないている子《こ》供《ども》と案内所に行く。親が感《かん》謝《しゃ》を告《つ》げて引き取った

スタート

この日、店内はもの凄《すご》く人が多かった。店員達《たち》は、接《せっ》客《きゃく》やレジの対《たい》応《おう》におわれ、大変だった。やっと客がとぎれたので、休《きゅう》憩《けい》に入ると、私《わたし》は迷《まい》子《ご》にでくわした。ないている子《こ》供《ども》と案内所に行く。親が感《かん》謝《しゃ》を告《つ》げて引き取った

ゴール

A. 19

スタート

謝《しゃ》	案	た	、	た	た	応《おう》	達《たち》	く	こ
を	内	。	私《わたし》	の	。	に	は	人	の
告《つ》	所	な	は	で	や	お	、	が	日
げ	に	い	迷《まい》	、	っ	わ	接《せっ》	多	、
て	行	て	子《ご》	休《きゅう》	と	れ	客《きゃく》	か	店
引	く	い	に	憩《けい》	客	、	や	っ	内
き	。	る	で	に	が	大	レ	た	は
取	親	子《こ》	く	入	と	変	ジ	。	も
っ	が	供《ども》	わ	る	ぎ	だ	の	店	の
た	感《かん》	と	し	と	れ	っ	対《たい》	員	凄《すご》

ゴール

この人は、おやではないにげて
＝この人は、親ではない　逃《に》げて

ショッピングモールで迷子《まいご》になった子供《こども》を店員が保護《ほご》して、親に引《ひ》き渡《わた》したという内容《ないよう》。

けれど、実際《じっさい》に迷子《まいご》を引き取ったのは親ではない。つまり、誘拐《ゆうかい》されてしまったということ。

実際《じっさい》に起こりうる出来事なので、迷子《まいご》を親に引《ひ》き渡《わた》す場合は、細心の注意が必要になるだろう。

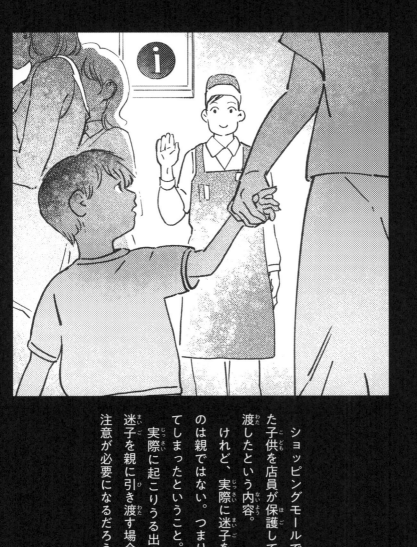

20

妻《つま》の電話

妻《つま》がスマホでずっと喋《しゃべ》っているのは珍《めずら》しい。どういうデンワなのか、耳をダンボにした。すると、げんきな声が聞こえる。はきはきとした口調はだれなのだろう？　あいてがだれでも、リアルに嫌《いや》で、気分が悪いんだよね。

スタート

妻《つま》がスマホでずっと喋《しゃべ》
っているのは珍《めずら》しい。
どういうデンワなのか
、耳をダンボにした。
すると、げんきな声が
聞こえる。はきはきと
した口調はだれなのだ
ろう？　あいてがだれ
でも、リアルに嫌《いや》で、
気分が悪いんだよね。

ゴール

A.
20

スタート

気	で	ろ	し	聞	す	、	ど	っ	妻《つま》
分	も	う	た	こ	る	耳	う	て	が
が	、	？	口	え	と	を	い	い	ス
悪	リ		調	る	、	ダ	う	る	マ
い	ア	あ	は	。	げ	ン	デ	の	ホ
ん	ル	い	だ	は	ん	ボ	ン	は	で
だ	に	て	れ	き	き	に	ワ	珍《めずら》	ず
よ	嫌《いや》	が	な	は	な	し	な	し	っ
ね	で	だ	の	き	声	た	の	い	と
。	、	れ	だ	と	が	。	か	。	喋《しゃべ》

ゴール

スマホのデンげんはきれていルんだよね。
＝スマホの電《でん》源《げん》は切れているんだよね。

語り手をないがしろにして、スマホで長電話している妻《つま》と、その相手に対し、イラだっている語り手の様子が目にうかぶ。

けれど、実際《じっさい》には、妻《つま》は電源《でんげん》が入っていないスマホで誰《だれ》かとしゃべっている。

妻《つま》の通話相手が人ならざる者であることを知った語り手が、気分を悪くするのは、ある意味当然のことなのかもしれない。

21

うるさい隣《りん》人《じん》

お隣《となり》さんがうるさい。夜の間中、笑い声が響《ひび》き部屋で寝《ね》られない。彼《かの》女《じょ》には、管理会社や大家にダメモトで相談してみればと言われた。オレもその意見に賛《さん》成《せい》し、すぐに行動するが、そんな事で解《かい》決《けつ》することではなかった。

スタート

お隣《となり》さんがうるさい。夜の間中、笑い声が響《ひび》き部屋で寝《ね》られない。彼《かの》女《じょ》には、管理会社や大家にダメモトで相談してみればと言われた。オレもその意見に賛《さん》成《せい》し、すぐに行動するが、そんな事で解《かい》決《けつ》することではなかった。

ゴール

A. 21

スタート

る	が	成《せい》	。	し	大	彼《かの》	き	夜	お
こ	、	し	オ	て	家	女《じょ》	部	の	隣《となり》
と	そ	、	レ	み	に	に	屋	間	さ
で	ん	す	も	れ	ダ	は	で	中	ん
は	な	ぐ	そ	ば	メ	、	寝《ね》	、	が
な	事	に	の	と	モ	管	ら	笑	う
か	で	行	意	言	ト	理	れ	い	る
っ	解《かい》	動	見	わ	で	会	な	声	さ
た	決《けつ》	す	に	れ	相	社	い	が	い
。	す	る	賛《さん》	た	談	や	。	響《ひび》	。

ゴール

隣《となり》の部屋にはダれもすんではなかった。
＝隣《となり》の部屋には誰《だれ》も住んではなかった。

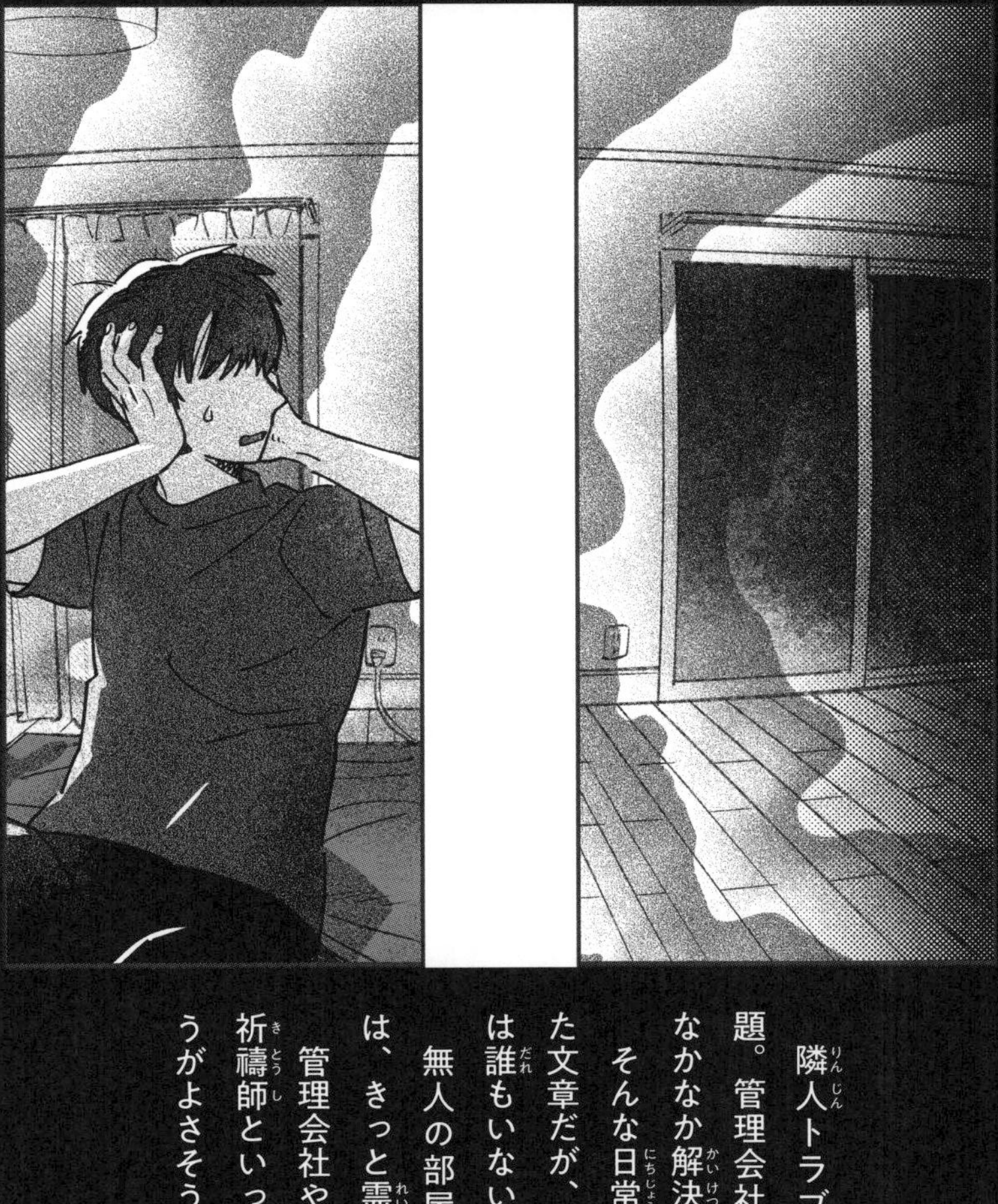

隣人《りんじん》トラブルでよくある騒音《そうおん》問題。管理会社や大家に相談しても、なかなか解決《かいけつ》しないことが多い。
そんな日常《にちじょう》生活のヒトコマを描《えが》いた文章だが、迷路《めいろ》を解《と》くと、隣室《りんしつ》には誰《だれ》もいないことがわかる。
無人の部屋に毎夜ひびく笑い声は、きっと霊《れい》のものなのだろう。
管理会社や大家よりも、霊媒師《れいばいし》や祈祷師《きとうし》といった人たちに相談するほうがよさそうだ。

22

憧《あこが》れの彼《かの》女《じょ》

通《つう》勤《きん》電《でん》車《しゃ》の中に、憧《あこが》れの彼《かの》女《じょ》がいた。今がチャンスだと思い、傍《そば》にちかよった。隣《となり》に立ち、たんせいな横顔を、愛《いと》おしく思いながら見つめた。不意に電車が揺《ゆ》れ、乗客たちが倒《たお》れる中、俺《おれ》はひっしで彼《かの》女《じょ》を抱《だ》きとめたんだ。

スタート

通《つう》勤《きん》電《でん》車《しゃ》の中に、憧《あこが》れの彼《かの》女《じょ》がいた。今がチャンスだと思い、傍《そば》にちかよった。隣《となり》に立ち、たんせいな横顔を、愛《いと》おしく思いながら見つめた。不意に電車が揺《ゆ》れ、乗客たちが倒《たお》れる中、俺《おれ》はひっしで彼《かの》女《じょ》を抱《だ》きとめたんだ。

ゴール

A.
22

スタート

通《つう》勤《きん》電《でん》車《しゃ》の中に、憧《あこが》れ
の彼《かの》女《じょ》がいた。今がチ
ャンスだと思い、傍《そば》に
ちかよった。隣《となり》に立ち
、たんせいな横顔を、
愛《いと》おしく思いながら見
つめた。不意に電車が
揺《ゆ》れ、乗客たちが倒《たお》れ
る中、俺《おれ》はひっしで彼《かの》
女《じょ》を抱《だ》きとめたんだ。

ゴール

電車がだっせんした。乗客たちがしんだ。
＝電車が脱《だっ》線《せん》した。乗客たちが死んだ。

通勤電車《つうきんでんしゃ》内で、偶然《ぐうぜん》にも憧《あこが》れの女《じょ》性《せい》と遭遇《そうぐう》しただけでなく、彼女《かのじょ》が倒《たお》れるのを防《ふせ》ぐことができたという内《ない》容《よう》。

けれど、実は電車は脱線《だっせん》し、乗客は死んでいる。きっと、彼《かれ》も彼女《かのじょ》を抱《だ》きとめたものの、その後、他の乗客たちに押《お》しつぶされて亡《な》くなってしまったのだろう。

憧《あこが》れの彼女《かのじょ》に接触《せっしょく》できた『運のいい話』から、脱線事故《だっせんじこ》に巻《ま》き込《こ》まれた『運の悪い話』になってしまった。なんとも切なく悲しいオチである。

23

妹の悩《なや》み

最近、妹が暗い。何かに悩《なや》んでいるようだ。オレはウジウジしている妹のために、ひとはだ脱《ぬ》ぐことにした。妹の悩《なや》みはイジメ。そんなのはじぶん次《し》第《だい》だぞとなぐさめ、明るく、かっぱつに行動しろと、助言したんだよね。

スタート

最近、妹が暗い。何かに悩《なや》んでいるようだ。オレはウジウジしている妹のために、ひとはだ脱《ぬ》ぐことにした。妹の悩《なや》みはイジメ。そんなのはじぶん次《し》第《だい》だぞとなぐさめ、明るく、かっぱつに行動しろと、助言したんだよね。

ゴール

A.
23

スタート ▶ / ◀ ゴール

、	か	と	な	の	だ	る	オ	に	最
助	っ	な	の	悩《なや》	脱《ぬ》	妹	レ	悩《なや》	近
言	ぱ	ぐ	は	み	ぐ	の	は	ん	、
し	つ	さ	じ	は	こ	た	ウ	で	妹
た	に	め	ぶ	イ	と	め	ジ	い	が
ん	行	、	ん	ジ	に	に	ウ	る	暗
だ	動	明	次《し》	メ	し	、	ジ	よ	い
よ	し	る	第《だい》	。	た	ひ	し	う	。
ね	ろ	く	だ	そ	。	と	て	だ	何
。	と	、	ぞ	ん	妹	は	い	。	か

妹がいジめたこはじさつした。

＝妹がイジメた子は自《じ》殺《さつ》した。

イジメに悩《なや》む妹をはげます兄の様子が描《えが》かれているような文章。けれど、迷路《めいろ》を解《と》くと、実は妹は『イジメられている』側ではなく、『イジメている』側で、相手を自殺《じさつ》にまで追《お》い込《こ》んでいる。

少しは反省し、悩《なや》んでいた様子の妹だったが、兄の言葉にはげまされ、明るく、活発にイジメを再開《さいかい》してしまった。その結果、被害者《ひがいしゃ》は増《ふ》えていくのかも……。

そう思うと、兄のはげまし方も、大きくまちがっていたのかもしれない。

24

私《わたし》は女神《めがみ》？

画廊《がろう》に有名作家がいた。彼《かれ》は私《わたし》の顔を見て、「ほうっ」と、ため息をついた。なぜか、うっとりとした目を向けられる。この空間には私《わたし》以外に沢山《たくさん》の人がいるのに、「本物の女神《めがみ》。次の作品は君がいい」と彼《かれ》に口説かれた。

スタート

画《が》廊《ろう》に有名作家がいた
。彼《かれ》は私《わたし》の顔を見て、
「ほうっ」と、ため息
をついた。なぜか、う
っとりとした目を向け
られる。この空間には
私《わたし》以外に沢《たく》山《さん》の人がい
るのに、「本物の女《め》神《がみ》
。次の作品は君がいい
」と彼《かれ》に口説かれた。

ゴール

A. 24

スタート▶

」	。	る	私《わたし》	ら	っ	を	「	。	画《が》
と	次	の	以	れ	と	つ	ほ	彼《かれ》	廊《ろう》
彼《かれ》	の	に	外	る	り	い	う	は	に
に	作	、	に	。	と	た	っ	私《わたし》	有
口	品	「	沢《たく》	こ	し	。	」	の	名
説	は	本	山《さん》	の	た	な	と	顔	作
か	君	物	の	空	目	ぜ	、	を	家
れ	が	の	人	間	を	か	た	見	が
た	い	女《め》	が	に	向	、	め	て	い
。	い	神《がみ》	い	は	け	う	息	、	た

▶ゴール

彼《かれ》の作品は本物の人間をかためていた

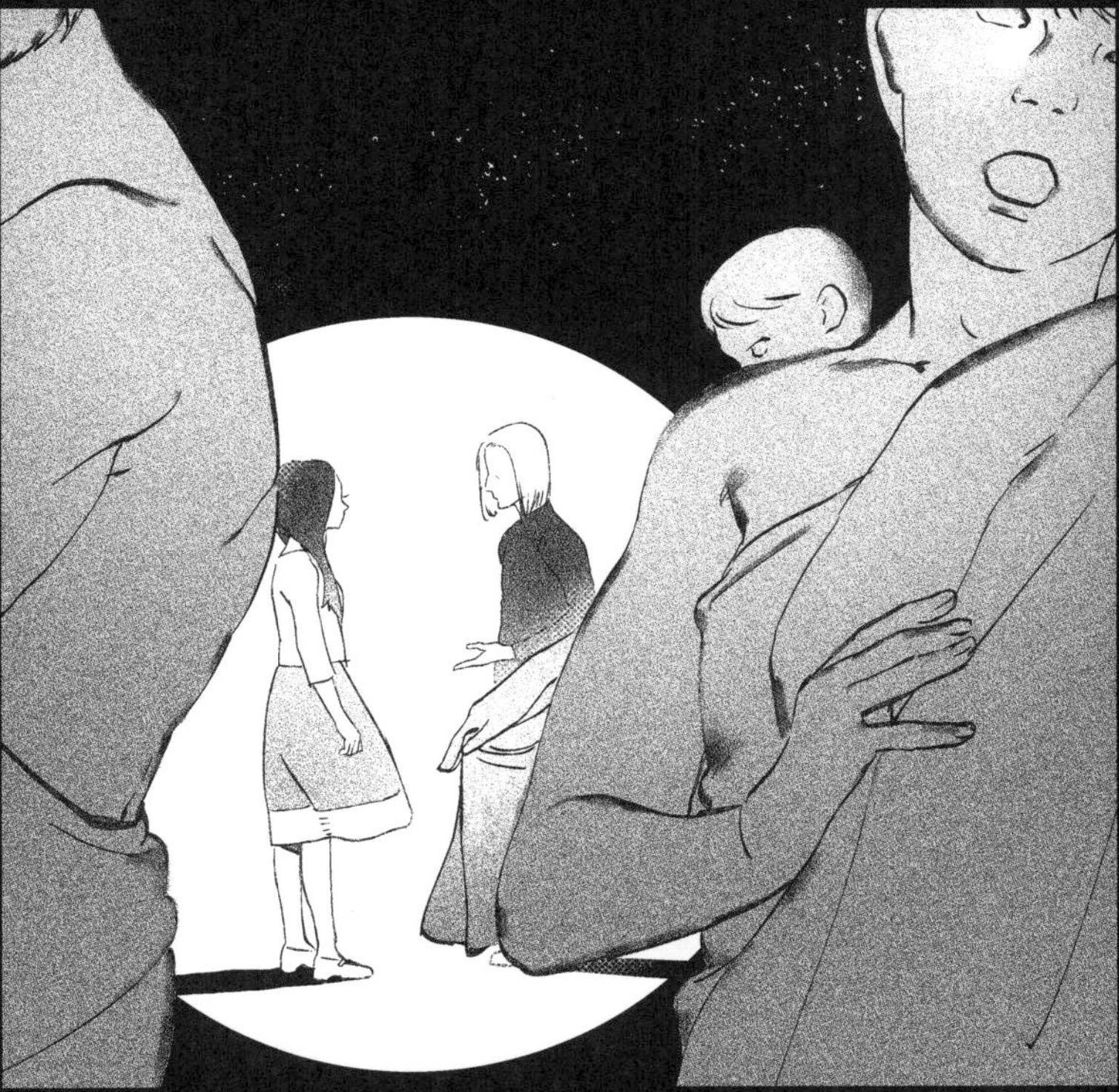

画廊《がろう》で開催《かいさい》されている展示会《てんじかい》を見に行った語り手が、そこにいた有名作家に見初《みそ》められ、彼《かれ》から作品のモデルになってくれるよう口説かれている様子が描《えが》かれている。

けれど、彼《かれ》の作品は、人間そのものを石膏《せっこう》や銅《どう》などでかためたもの。

モデルになったら最後、命を奪《うば》われることになる。

25

避《ひ》難《なん》訓練

今日、避《ひ》難《なん》訓練が行われた。理科室で実験をしている時に火《か》災《さい》がおきたという想《そう》定《てい》だ。キケンだとわかっていてわざと、ほんものの炎《ほのお》を使う。勿《もち》論《ろん》、すぐに消せる。緊《きん》張《ちょう》感《かん》につつまれながら、全てマニュアル通りに行われた

スタート

今日、避《ひ》難《なん》訓練が行われた。理科室で実験をしている時に火《か》災《さい》がおきたという想《そう》定《てい》だ。キケンだとわかっていてわざと、ほんものの炎《ほのお》を使う。勿《もち》論《ろん》、すぐに消せる。緊《きん》張《ちょう》感《かん》につつまれながら、全てマニュアル通りに行われた。

ゴール

A.
25

ュ	ま	消	を	わ	ケ	き	し	れ	今
ア	れ	せ	使	ざ	ン	た	て	た	日
ル	な	る	う	と	だ	と	い	。	、
通	が	。	。	、	と	い	る	理	避《ひ》
り	ら	緊《きん》	勿《もち》	ほ	わ	う	時	科	難《なん》
に	、	張《ちょう》	論《ろん》	ん	か	想《そう》	に	室	訓
行	全	感《かん》	、	も	っ	定《てい》	火《か》	で	練
わ	て	に	す	の	て	だ	災《さい》	実	が
れ	マ	つ	ぐ	の	い	。	が	験	行
た	ニ	つ	に	炎《ほのお》	て	キ	お	を	わ

スタート

ゴール

避難《ひなん》訓練で火災《かさい》がおキて炎《ほのお》につつマれた
＝避難《ひなん》訓練で火災《かさい》が起きて炎《ほのお》に包まれた

すぐ消火できる炎《ほのお》を使い、緊張感《きんちょうかん》のある避難《ひなん》訓練をしたという内容《ないよう》。

けれど、迷路《めいろ》を解《と》くと、避難《ひなん》訓練中に本物の炎《ほのお》を使ったことから、火《か》災《さい》に発展《はってん》したことがわかる。

そもそも、避難《ひなん》訓練はすべてマニュアルどおりに行われたというが、通常《つうじょう》、避難《ひなん》訓練に本物の炎《ほのお》を使うことはない。

もしかしたら、この訓練には犯罪《はんざい》組織《そしき》が関わっていて、組織《そしき》のマニュアルどおりに火災《かさい》が起こされたのかもしれない。

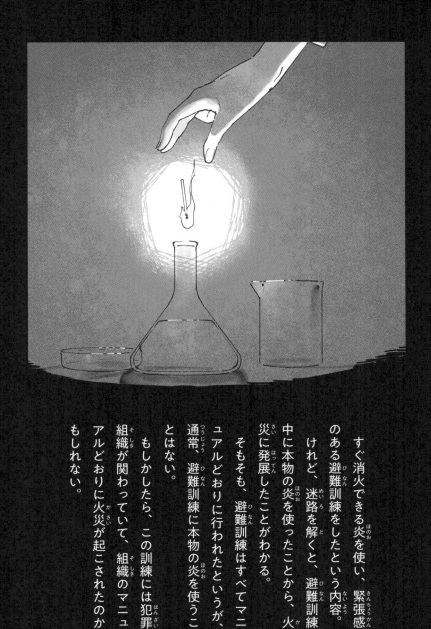

26

ドッジボール

ドッジボールをして、友《とも》達《だち》と一《いっ》緒《しょ》に遊んでいる最中に転ぶ。ボールは近くで遊んでいた人にあたり、ボクの頭の上を通《つう》過《か》し、それを追いかけ、しっかり抱《かか》えて戻《もど》ってきた友人の手元をみて、みんなはいきおいよく走りだしした

き	元	て	い	上	に	は	る	友《とも》	ド
お	を	戻《もど》	か	を	あ	近	最	達《だち》	ッ
い	み	っ	け	通《つう》	た	く	中	と	ジ
よ	て	て	、	過《か》	り	で	に	一《いっ》	ボ
く	、	き	し	し	、	遊	転	緒《しょ》	ー
走	み	た	っ	、	ボ	ん	ぶ	に	ル
り	ん	友	か	そ	ク	で	。	遊	を
だ	な	人	り	れ	の	い	ボ	ん	し
し	は	の	抱《かか》	を	頭	た	ー	で	て
た	い	手	え	追	の	人	ル	い	、

スタート

ゴール

A. 26

スタート

き	元	て	い	上	に	は	る	友《とも》	ド
お	を	戻《もど》	か	を	あ	近	最	達《だち》	ッ
い	み	っ	け	通《つう》	た	く	中	と	ジ
よ	て	て	、	過《か》	り	で	に	一《いっ》	ボ
く	、	き	し	し	、	遊	転	緒《しょ》	ー
走	み	た	っ	、	ボ	ん	ぶ	に	ル
り	ん	友	か	そ	ク	で	。	遊	を
だ	な	人	り	れ	の	い	ボ	ん	し
し	は	の	抱《かか》	を	頭	た	ー	で	て
た	い	手	え	追	の	人	ル	い	、

ゴール

ヒント 一度、漢字部分もすべてひらがなにしてから解読《かいどく》する

しんでいル人の頭を抱《かか》え手いた

＝しんでいるひとのあたまをかかえていた

＝死んでいる人の頭を抱《かか》えていた

ドッジボール中、ボールがどこかに飛んでいってしまった。それを追いかけていった友人が、ボールを持って戻《もど》ってきたタイミングで、ゲームが再開《さいかい》されたため、みんな、ボールにあたらないよう、いきおいよく走って逃《に》げたというような内容《ないよう》。

けれど、友人が抱《かか》えてきたのはボールではなく、死んだ人の頭。

きっと、その場にいた子供《こども》たち全員が、悲鳴をあげて逃《に》げだしたにちがいない。

27

彼《かの》女《じょ》のボディガード

若《わか》い女《じょ》性《せい》を狙《ねら》った事《じ》件《けん》が多いので、これから毎日、彼《かの》女《じょ》のボディガードをしてあげる。ある日俺《おれ》は、駅を出たところで黒いワゴン車が停《てい》車《しゃ》して、運転席の扉《とびら》が開き、あやしい男が彼《かの》女《じょ》の腕《うで》をつかんだから、殴《なぐ》って助けたよ。

スタート

若《わか》い女《じょ》性《せい》を狙《ねら》った事《じ》件《けん》が多いので、これから毎日、彼《かの》女《じょ》のボディガードをしてあげる。ある日俺《おれ》は、駅を出たところで黒いワゴン車が停《てい》車《しゃ》して、運転席の扉《とびら》が開き、あやしい男が彼《かの》女《じょ》の腕《うで》をつかんだから、殴《なぐ》って助けたよ。

ゴール

A. 27

スタート

ら	彼《かの》	が	停《てい》	こ	る	ー	毎	が	若《わか》
、	女《じょ》	開	車《しゃ》	ろ	日	ド	日	多	い
殴《なぐ》	の	き	し	で	俺《おれ》	を	、	い	女《じょ》
っ	腕《うで》	、	て	黒	は	し	彼《かの》	の	性《せい》
て	を	あ	、	い	、	て	女《じょ》	で	を
助	つ	や	運	ワ	駅	あ	の	、	狙《ねら》
け	か	し	転	ゴ	を	げ	ボ	こ	っ
た	ん	い	席	ン	出	る	デ	れ	た
よ	だ	男	の	車	た	。	ィ	か	事《じ》
。	か	が	扉《とびら》	が	と	あ	ガ	ら	件《けん》

ゴール

女性《じょせい》の彼《かれ》しは黒いワゴン車の男だよ。
＝女性《じょせい》の彼氏《かれし》は黒いワゴン車の男だよ。

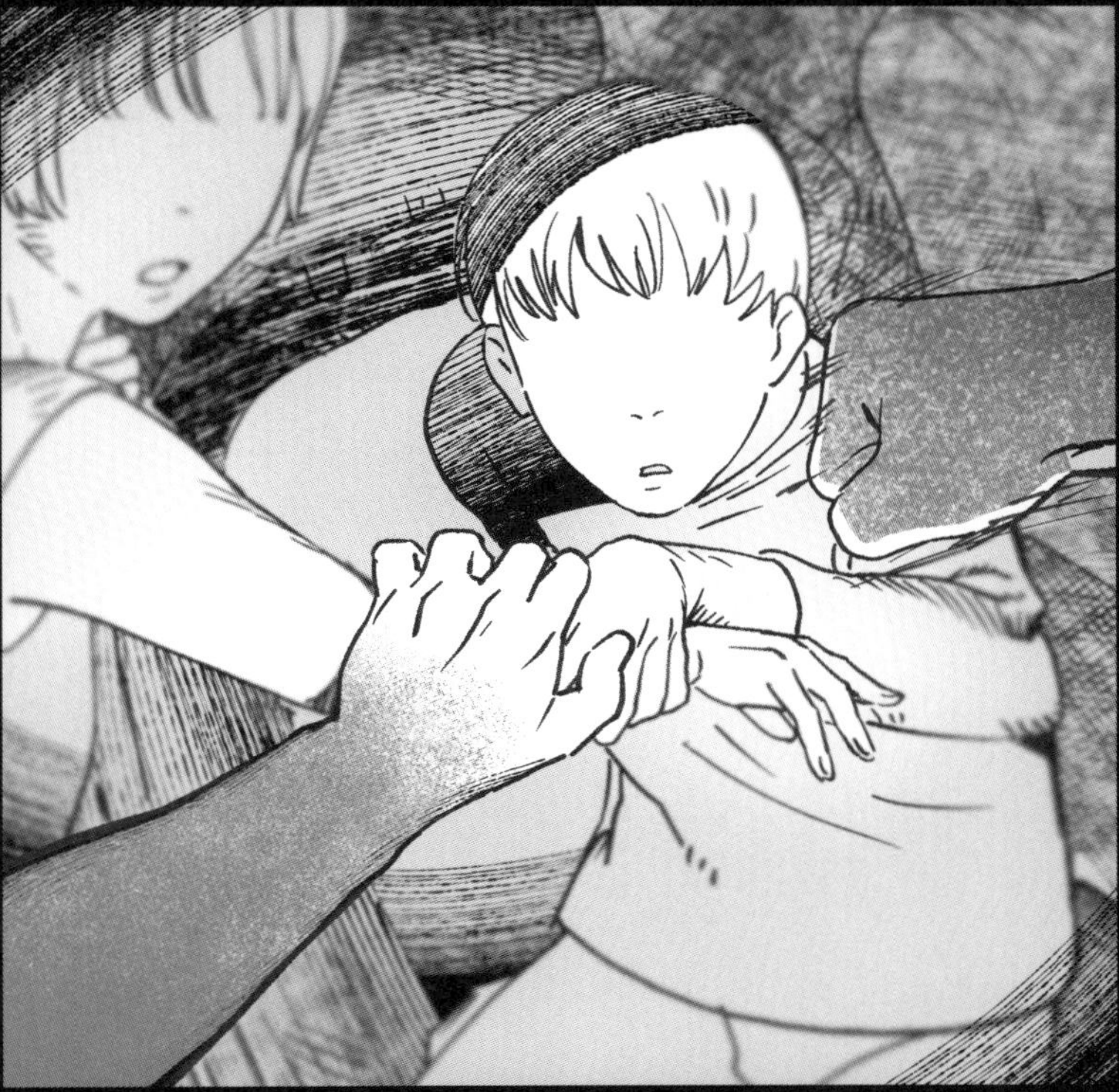

彼女《かのじょ》のことが心配で、ボディガード役をしていた語り手が、あやしい男に対し、つい、手を上げてしまったというような内容《ないよう》。

しかし、実際《じっさい》には、『彼女《かのじょ》』というのは、付き合っている相手ではなく、一方的に好意を寄《よ》せている相手のようだ。

実際《じっさい》に付き合っている彼氏《かれし》を殴《なぐ》ったということは、語り手は『彼女《かのじょ》』のストーカーなのだろう。

思《おも》い込《こ》みが激《はげ》しい人というものは、時に恐《おそ》ろしい行動にでるようだ。

28

動かない……

あまりにもひんやりとした空気につつまれ、目覚めた。ギプスで固定しているのか、全身、まるでかなしばり状《じょう》態《たい》だ。目だけを動かし、周《しゅう》囲《い》がどんな状《じょう》況《きょう》なのかをさぐる。真っ暗なので目と鼻の先も見えず、ため息ついた。

スタート

あまりにもひんやりとした空気につつまれ、目覚めた。ギプスで固定しているのか、全身、まるでかなしばり状《じょう》態《たい》だ。目だけを動かし、周《しゅう》囲《い》がどんな状《じょう》況《きょう》なのかをさぐる。真っ暗なので目と鼻の先も見えず、ため息ついた。

ゴール

A.
28

スタート

え	な	の	、	態《たい》	、	定	目	し	あ
ず	の	か	周《しゅう》	だ	ま	し	覚	た	ま
、	で	を	囲《い》	。	る	て	め	空	り
た	目	さ	が	目	で	い	た	気	に
め	と	ぐ	ど	だ	か	る	。	に	も
息	鼻	る	ん	け	な	の	ギ	つ	ひ
つ	の	。	な	を	し	か	プ	つ	ん
い	先	真	状《じょう》	動	ば	、	ス	ま	や
た	も	っ	況《きょう》	か	り	全	で	れ	り
。	見	暗	な	し	状《じょう》	身	固	、	と

ゴール

ヒント 一度、漢字部分もすべてひらがなにしてから解読《かいどく》する

ひつギのなかで目がさ目た
＝ひつぎのなかでめがさめた
＝棺《ひつぎ》の中で目が覚めた

ひんやりとした空気を感じて目覚めた語り手。大けがを負って、入院しているようだ。ギプスで固定されているせいで、病室の様子も何もわからないといった内容《ないよう》だが……。

実は、語り手はすでに死亡宣告《しぼうせんこく》されていたようだ。棺《ひつぎ》の中にはドライアイスが敷《し》き詰《つ》められているため、寒かったのだろう。

けれど、すでに葬儀《そうぎ》が終わったのか、棺《ひつぎ》は蓋《ふた》をされ、真《ま》っ暗闇《くらやみ》である。目と鼻の先にあるものは、きっと棺《ひつぎ》の蓋《ふた》。

これから火葬《かそう》される語り手。冷気は熱気へ、ため息は悲鳴へと変わることだろう。

29

到《とう》着《ちゃく》時《じ》刻《こく》

オープンしたての人気ショッピングモールに行くため、父の車を借りたが、ナビがおかしい。目的地へ向かって、指《し》示《じ》通りに走っているが、到《とう》着《ちゃく》時間がきゅうげきにはやまっていく。イヤな予感がするので一《いっ》旦《たん》車を停《と》めた。

スタート

オープンしたての人気
ショッピングモールに
行くため、父の車を借
りたが、ナビがおかし
い。目的地へ向かって
、指《し》示《じ》通りに走ってい
るが、到《とう》着《ちゃく》時間がきゅ
うげきにはやまってい
く。イヤな予感がする
ので一《いっ》旦《たん》車を停《と》めた。

ゴール

A.
29

スタート

の	く	う	る	、	い	り	行	シ	オ
で	。	げ	が	指《し》	。	た	く	ョ	ー
一《いっ》	イ	き	、	示《じ》	目	が	た	ッ	プ
旦《たん》	ヤ	に	到《とう》	通	的	、	め	ピ	ン
車	な	は	着《ちゃく》	り	地	ナ	、	ン	し
を	予	や	時	に	へ	ビ	父	グ	た
停《と》	感	ま	間	走	向	が	の	モ	て
め	が	っ	が	っ	か	お	車	ー	の
た	す	て	き	て	っ	か	を	ル	人
。	る	い	ゆ	い	て	し	借	に	気

ゴール

たてモのが向かってきている。
＝建物が向かってきている。

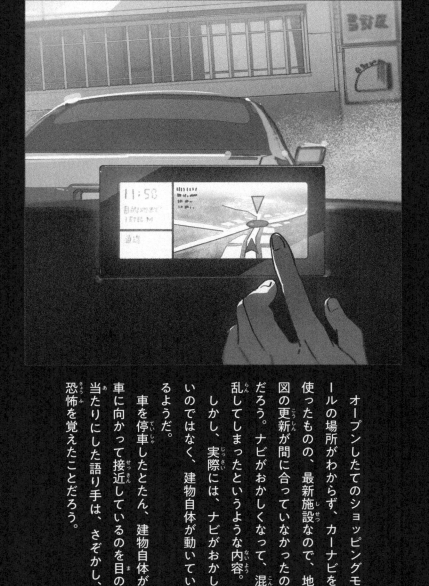

オープンしたてのショッピングモールの場所がわからず、カーナビを使ったものの、最新施設《しせつ》なので、地図の更新《こうしん》が間に合っていなかったのだろう。ナビがおかしくなって、混《こん》乱《らん》してしまったというような内容《ないよう》。

しかし、実際《じっさい》には、ナビがおかしいのではなく、建物自体が動いているようだ。

車を停車《ていしゃ》したとたん、建物自体が車に向かって接近《せっきん》しているのを目《ま》の当《あ》たりにした語り手は、さぞかし、恐怖《きょうふ》を覚えたことだろう。

30

優《やさ》しい夫

夫から溺《でき》愛《あい》されている。私《わたし》が、どんなに文《もん》句《く》を言おうがキレようが、いつもカンタンに許《ゆる》されるので、少しだけ罪《ざい》悪《あく》感《かん》がつのり落《お》ちこむ。しかし、過《か》保《ほ》護《ご》でいちいちうるさく干《かん》渉《しょう》されるので、お礼も謝《しゃ》罪《ざい》もいえずにいるの。

スタート

罪《ざい》	さ	い	む	罪《ざい》	さ	、	を	。	夫
も	れ	ち	。	悪《あく》	れ	い	言	私《わたし》	か
い	る	い	し	感《かん》	る	つ	お	が	ら
え	の	ち	か	が	の	も	う	、	溺《でき》
ず	で	う	し	つ	で	カ	が	ど	愛《あい》
に	、	る	、	の	、	ン	キ	ん	さ
い	お	さ	過《か》	り	少	タ	レ	な	れ
る	礼	く	保《ほ》	落《お》	し	ン	よ	に	て
の	も	干《かん》	護《ご》	ち	だ	に	う	文《もん》	い
。	謝《しゃ》	渉《しょう》	で	こ	け	許《ゆる》	が	句《く》	る

ゴール

A.
30

スタート▶

罪《ざい》	さ	い	む	罪《ざい》	さ	、	を	。	夫
も	れ	ち	。	悪《あく》	れ	い	言	私《わたし》	か
い	る	い	し	感《かん》	る	つ	お	が	ら
え	の	ち	か	が	の	も	う	、	溺《でき》
ず	で	う	し	つ	で	カ	が	ど	愛《あい》
に	、	る	、	の	、	ン	キ	ん	さ
い	お	さ	過《か》	り	少	タ	レ	な	れ
る	礼	く	保《ほ》	落《お》	し	ン	よ	に	て
の	も	干《かん》	護《ご》	ち	だ	に	う	文《もん》	い
。	謝《しゃ》	渉《しょう》	で	こ	け	許《ゆる》	が	句《く》	る

▶ゴール

いえのちかしつでカンキんされている
＝家の地下室で監《かん》禁《きん》されている

一読すると、心配性《しんぱいしょう》の夫にとても愛され、やることなすこと干渉《かんしょう》される妻《つま》の悩《なや》みが書かれているように思える。

けれど、実際《じっさい》には、夫は溺愛《できあい》する妻《つま》を、誰《だれ》の目にも触《ふ》れさせたくないのだろう。

妻《つま》を監禁《かんきん》し、自由を奪《うば》っている。

にも関わらず、のろけともとれるような悩《なや》みを口にする妻《つま》もまた、多少の不満はあれど、この状況《じょうきょう》に甘《あま》んじているようだ。はたから見て異常《いじょう》な状況《じょうきょう》でも、当人たちは幸せなのかもしれない。

31

交差点で

交差点を渡《わた》ったところ
で、オレはだれかに名
を呼《よ》ばれた。サバゲー
仲間の岸《きし》谷《たに》ナイトの声
だ。すぐ振《ふ》り返《かえ》れば、
トラックに横切られた
。道のスナが跳《は》ね、瞼《まぶた》
を閉《と》じないと目に入る
。瞑《つむ》った目を開けた時
には、誰《だれ》もいなかった

▼スタート

に	。	を	。	ト	だ	仲	を	で	交
は	瞑《つむ》	閉《と》	道	ラ	。	間	呼《よ》	、	差
、	っ	じ	の	ッ	す	の	ば	オ	点
誰《だれ》	た	な	ス	ク	ぐ	岸《きし》	れ	レ	を
も	目	い	ナ	に	振《ふ》	谷《たに》	た	は	渡《わた》
い	を	と	が	横	り	ナ	。	だ	っ
な	開	目	跳《は》	切	返《かえ》	イ	サ	れ	た
か	け	に	ね	ら	れ	ト	バ	か	と
っ	た	入	、	れ	ば	の	ゲ	に	こ
た	時	る	瞼《まぶた》	た	、	声	ー	名	ろ

▶ゴール

A.
31

▼スタート

に	。	を	。	ト	だ	仲	を	で	交
は	瞑《つむ》	閉《と》	道	ラ	。	間	呼《よ》	、	差
、	っ	じ	の	ッ	す	の	ば	オ	点
誰《だれ》	た	な	ス	ク	ぐ	岸《きし》	れ	レ	を
も	目	い	ナ	に	振《ふ》	谷《たに》	た	は	渡《わた》
い	を	と	が	横	り	ナ	。	だ	っ
な	開	目	跳《は》	切	返《かえ》	イ	サ	れ	た
か	け	に	ね	ら	れ	ト	バ	か	と
っ	た	入	、	れ	ば	の	ゲ	に	こ
た	時	る	瞼《まぶた》	た	、	声	ー	名	ろ

▶ゴール

トラックにナいとが跳《は》ねられトバサれた
＝トラックにナイトが撥《は》ねられ飛ばされた

誰《だれ》かに呼《よ》ばれて振《ふ》り返《かえ》ったタイミングで、目の前をトラックが横切り、砂《すな》ぼこりがたったのだろう。目を瞑《つむ》って開けたら、トラックは走り去った後で、交差点周辺には誰《だれ》もいなかったというような内容《ないよう》。

これだけでも、じゅうぶん怖《こわ》い話だが、実はそうではない。

語り手を呼《よ》び止《と》めた岸谷《きしたに》ナイトは、交差点でトラックに撥《は》ねられた。

かなりのスピードだったのだろう。数メートル先まで飛ばされたため、語り手の視界《しかい》に入らなかったようだ。

交差点では右左の安全確認《かくにん》をしましょう。

32

わたしの好み

わたしの好みは、ひととは違《ちが》うらしいの。のん気で柔《やわ》らかく、においについては少しクサいぐらいが好きなの。他のひとと分かちあうつもりはないし、じぶんだけ独《どく》占《せん》できるのだから、正直、いいことだと思っているんだ。

スタート

わたしの好みは、ひと
とは違《ちが》うらしいの。の
ん気で柔《やわ》らかく、にお
いについては少しクサ
いぐらいが好きなの。
他のひとと分かちあう
つもりはないし、じぶ
んだけ独《どく》占《せん》できるのだ
から、正直、いいこと
だと思っているんだ。

ゴール

A. 32

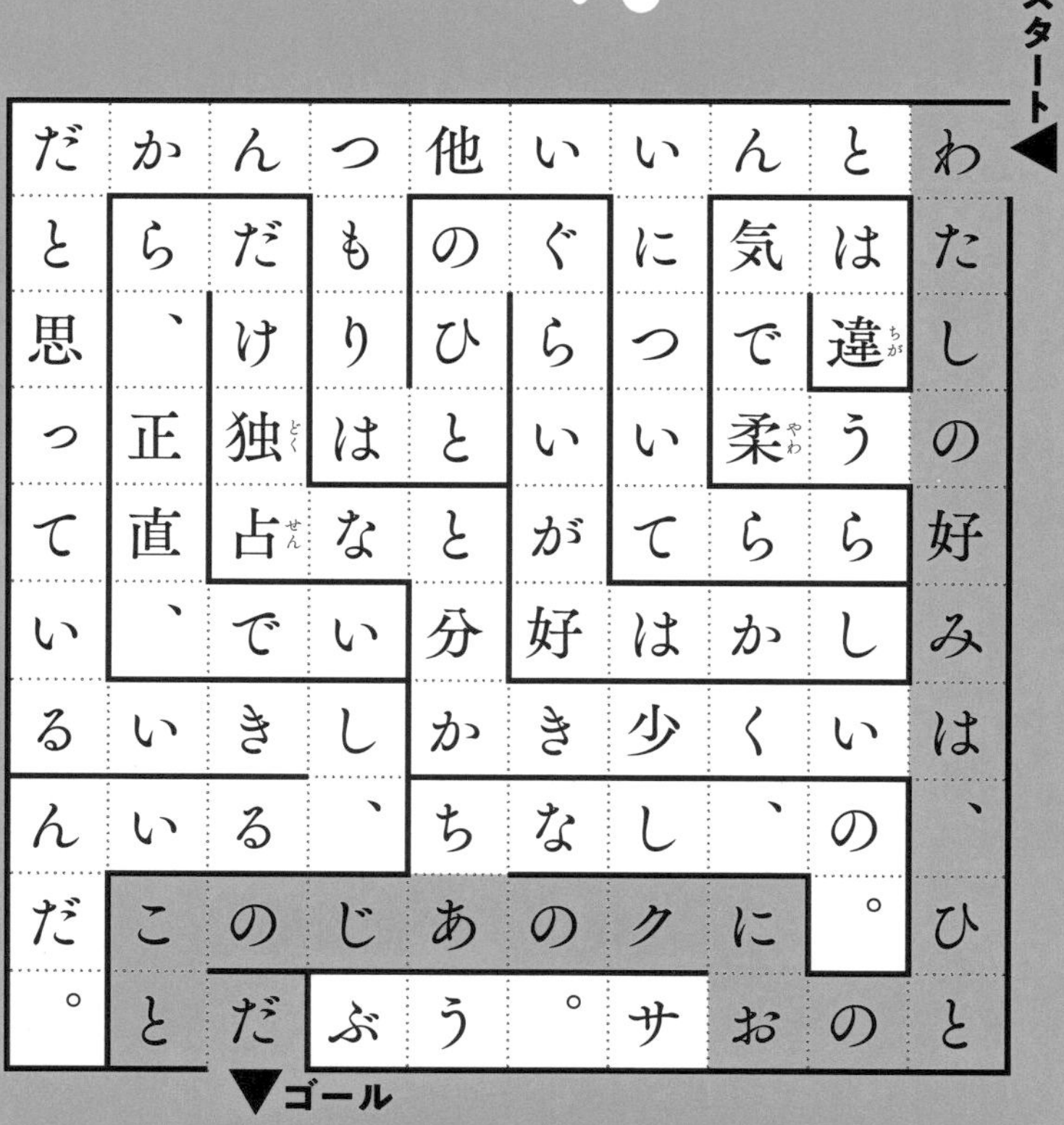

わたしの好みは、ひとのおにクのあじのことだ
＝私《わたし》の好みは、人のお肉の味のことだ

少々体臭《たいしゅう》があって、のん気で柔《やわ》らかな人柄《ひとがら》の男性《だんせい》が好みだと語っているような内容《ないよう》だが、迷路《めいろ》を解《と》くとその意味が一転。
人肉の味の好みを語っていることがわかる。
　つまり語り手は、何度も人を殺《ころ》しては、食べているようだ。のん気な人は彼女《かのじょ》から狙《ねら》われやすいので、ご注意を。

33

映《えい》画《が》のように……

昨日はびっくりした。借りた雑《ざっ》誌《し》をかえそうと思って、ヒロシの家に行き、同じような本をついでに借りて去れば、爆《ばく》オンが響《ひび》き渡《わた》る。ふりかえると、映《えい》画《が》のサツエイのように、オレは、ダンプに撥《は》ねられ意《い》識《しき》を失ったんだ

▼スタート

ら	オ	の	。	ば	を	に	と	借	昨
れ	レ	サ	ふ	、	つ	行	思	り	日
意《い》	は	ツ	り	爆《ばく》	い	き	っ	た	は
識《しき》	、	エ	か	オ	で	、	て	雑《ざつ》	び
を	ダ	イ	え	ン	に	同	、	誌《し》	っ
失	ン	の	る	が	借	じ	ヒ	を	く
っ	プ	よ	と	響《ひび》	り	よ	ロ	か	り
た	に	う	、	き	て	う	シ	え	し
ん	撥《は》	に	映《えい》	渡《わた》	去	な	の	そ	た
だ	ね	、	画《が》	る	れ	本	家	う	。

▼ゴール

A.
33

▼スタート

ら	オ	の	。	ば	を	に	と	借	昨
れ	レ	サ	ふ	、	つ	行	思	り	日
意《い》	は	ツ	り	爆《ばく》	い	き	っ	た	は
識《しき》	、	エ	か	オ	で	、	て	雑《ざっ》	び
を	ダ	イ	え	ン	に	同	、	誌《し》	っ
失	ン	の	る	が	借	じ	ヒ	を	く
っ	プ	よ	と	響《ひび》	り	よ	ロ	か	り
た	に	う	、	き	て	う	シ	え	し
ん	撥《は》	に	映《えい》	渡《わた》	去	な	の	そ	た
だ	ね	、	画《が》	る	れ	本	家	う	。

▼ゴール

オレは、エイえンに同じヒをくりかえシ
うな去れる
＝俺《おれ》は、永《えい》遠《えん》に同じ日を繰《く》り返《かえ》しうなされる

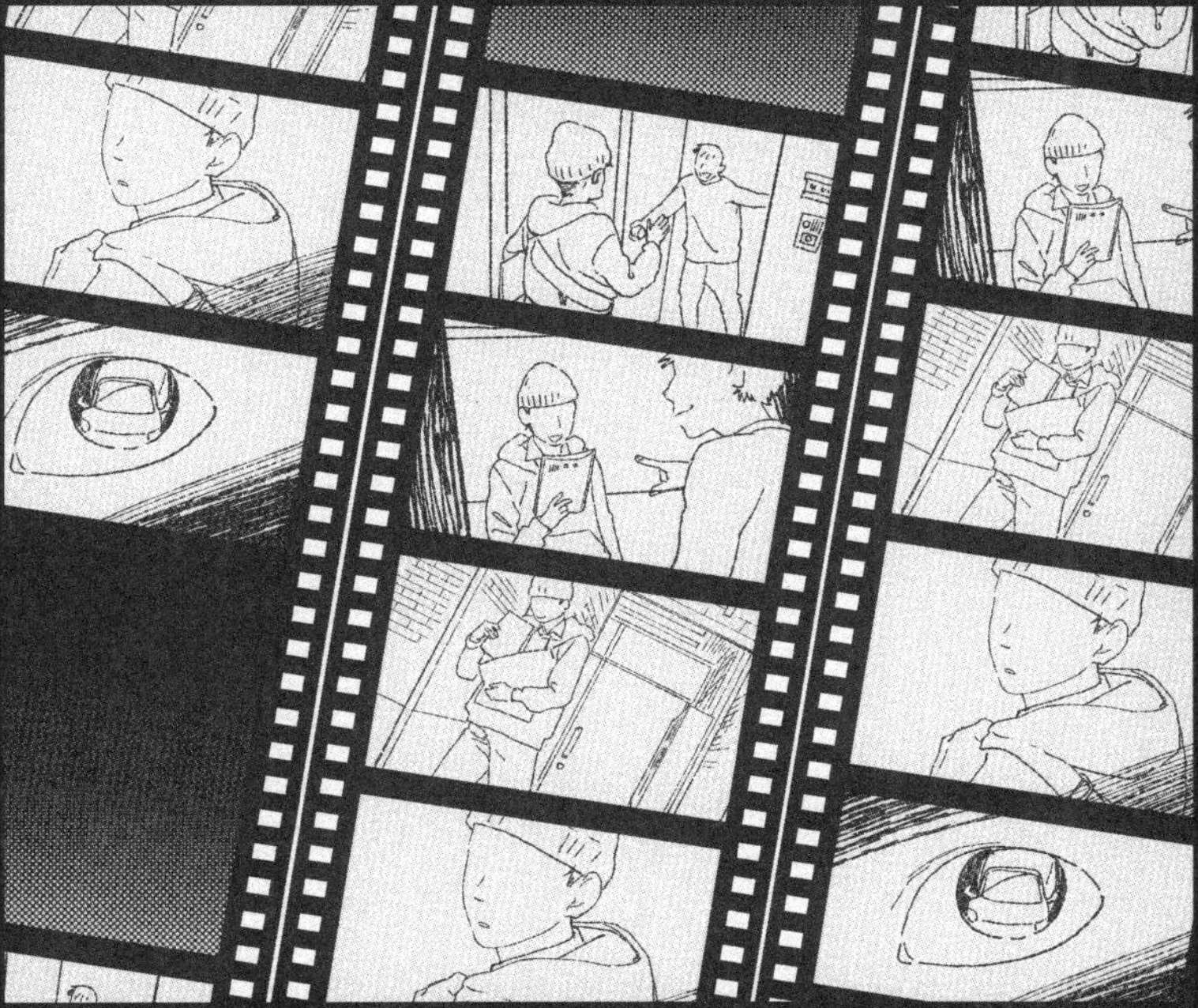

借りた雑誌《ざっし》を返すためにヒロシの家に行った語り手は、帰り道でダンプに撥《は》ねられてしまった。「昨日はびっくりした」と書いてあることから、無事に助かったように思える。

しかし、同じ日を永遠《えいえん》に繰《く》り返《かえ》しているということは、ダンプに撥《は》ねられ、意識《いしき》を失い目が覚めるところまでの時間が毎日、毎日繰《く》り返《かえ》されているということ。

そりゃあ、うなされないはずがないだろう。

34

僕《ぼく》は弟

厳《げん》格《かく》な親に育てられた僕《ぼく》は、ヨウリョウがいいとよく言われ、兄といっしょにいると、たいてい僕《ぼく》のほうを見て、「きみ、弟くんのめんどうをちゃんとみてえらいぞ」と言われ、僕《ぼく》は兄の顔色を窺《うかが》い、「僕《ぼく》は弟」と答えるんだ

スタート

僕《ぼく》	は	偉《えら》	ん	、	い	い	い	僕《ぼく》	厳《げん》
は	兄	い	ど	「	て	っ	と	は	格《かく》
弟	の	ぞ	う	き	い	し	よ	、	な
」	顔	」	を	み	僕《ぼく》	ょ	く	ヨ	親
と	色	と	ち	、	の	に	言	ウ	に
答	を	言	ゃ	弟	ほ	い	わ	リ	育
え	窺《うかが》	わ	ん	く	う	る	れ	ョ	て
る	い	れ	と	ん	を	と	、	ウ	ら
ん	、	、	み	の	見	、	兄	が	れ
だ	「	僕《ぼく》	て	め	て	た	と	い	た

ゴール

A. 34

スタート

僕《ぼく》	は	偉《えら》	ん	、	い	い	い	僕《ぼく》	厳《げん》
は	兄	い	ど	「	て	っ	と	は	格《かく》
弟	の	ぞ	う	き	い	し	よ	、	な
」	顔	」	を	み	僕《ぼく》	ょ	く	ヨ	親
と	色	と	ち	、	の	に	言	ウ	に
答	を	言	ゃ	弟	ほ	い	わ	リ	育
え	窺《うかが》	わ	ん	く	う	る	れ	ョ	て
る	い	れ	と	ん	を	と	、	ウ	ら
ん	、	、	み	の	見	、	兄	が	れ
だ	「	僕《ぼく》	て	め	て	た	と	い	た

ゴール

僕《ぼく》は兄のぞうきいしょくヨウに育てられた
＝僕《ぼく》は兄の臓《ぞう》器《き》移《い》植《しょく》用《よう》に育てられた

厳格《げんかく》な親に育てられたため、年上をうやまうこともしっかり教えられたのだろう。弟は周囲《しゅうい》の顔色をうかがいながら育ち、兄に対しても、かなり気をつかっていることがわかる内容《ないよう》だが――。

実際《じっさい》には、兄には「気」だけではなく、いずれは「体（臓器《ぞうき》）」までつかうことになるようだ。もともと臓《ぞう》器《き》移《い》植《しょく》用《よう》に育てられたということは、もしかしたら弟は、クローンだということも……。

藤白圭《ふじしろ・けい》

愛知県出身。2月14日生まれ。B型。

物心つく前から母親より、童話や絵本ではなく怪談を読み聞かせられる。その甲斐あってか、自他ともに認めるホラー・オカルト大好き人間。常日頃から、世の中の不思議と恐怖に向き合っている。

小説投稿サイト『エブリスタ』で活躍し、2018年『意味が分かると怖い話』でデビュー。若い世代を中心に大きな支持を得ている。

浮雲宇一《うくも・ういち》

イラストレーター。

装画を手がけた主な作品に、『虹いろ図書館のへびおとこ』『兄ちゃんは戦国武将!』『僕は上手にしゃべれない』『探検!いっちょかみスクール』などがある。

迷路《めいろ》を解《と》いたら怖《こわ》い話《はなし》

2024年9月10日　初版発行

作者　藤白圭
画家　浮雲宇一
発行者　吉川廣通
発行所　株式会社静山社
〒102-0073
東京都千代田区九段北1-15-15
電話　03-5210-7221
https://www.sayzansha.com

印刷・製本　中央精版印刷株式会社
ブックデザイン　長谷川有香（ムシカゴグラフィクス）
編集　足立桃子

ISBN978-4-86389-853-0

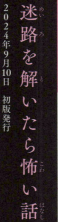